KB044937

스물스물 스물아홉

이리

어른이 되는 법

스물스물 스물아홉

# 꺾이는 나이

"이제 너도 꺾이겠구나."

스물다섯이 되던 자정에 처음 들은 말이다. 나와 거실에서 '연예대상'을 보고 있던 엄마의 새해 첫 마디였다. 부모님은 평범한 기성세대였기 때문에 그 발언이 특별하게 충격적이지는 않았다. "요즘 세상에 스물다섯이 무슨 꺾이는 나이야?" 그렇게 흘리듯 대꾸하고 말았다. 스물여섯이 되던 해와 스물일곱이 되던 해에도 비슷한 소리를 들었다. 그런 얘기를 하는 사람들이 점차 많아졌고, 명절이라 큰집에 내려가면 새삼스레 내 나이를 묻고는 벌써 그렇게 됐냐며 지레 놀라는 어른들에게도 익숙해졌다. 이제는 '벌써 네가 그 나이야?'

라는 질문을 기분 좋게 받아들일 지경에까지 왔다. 겉으로 보기에는 그만큼 안 먹어 보이니까 자꾸 물어보고 매번 놀라나 보지. 뭐든 마음먹기에 달려 있다. 편의점이나 식당에서 신분증 요구할 때에나 기분 좋다고 친구들에게 생색내지 말자. 그러던 내가 '꺾였다'는 표현에 대해 진지하게 고민하기 시작한 것은 그리 오래되지 않은 일이다.

사람의 인생을 그래프로 그렸을 때, 꺾이는 순간이란 언제일까? 자잘한 굴곡이야 많겠지만 그래프의 변곡점이라는 것은 늘 가장 높은 곳에 올라갈 때 생기곤 한다. 내가 샀던 주식이 최고가를 찍고 떨어지기 시작했을 때 직감적으로 다시는 이 가격까지 올라오지 않겠구나, 하고 느끼게 되는 순간처럼. 삶에도 결국엔 그런 지점이 찾아오고야 마는 걸까?

이 책의 서두로 주식 이야기를 해야겠다고 다짐한 것도 비슷한 맥락이다. 나는 2020년 2월 무렵 주식에 입문했다. 2019년 여름에 비교적 늦은 나이로 학부를 졸업했고, 대학원 진학을 결심한 뒤 그해 겨울을 제주도에서 보냈다. 코로나가 조류독감이나 신종플루처럼 금방 사그라들 유행병 중 하나일 줄 알았던 시기였다. 서울에 돌아와서는 딱히 할 일이 없어 친구를 따라 소일거리 삼아 시작한 게 주식이었다. 여윳돈 100만 원으로 시작했고 초심자의 운이 받쳐준 덕에 수익을 좀 냈다. 기세를 몰아서 부모님 돈까지 끌어다가 어느 제약회사의 주식을 샀다. 아직도 십 원 단위까지 정확하게 기억이 나는데, 평균단가 24,350원이었다. 그 주식이 9월에는 딱 열 배로 올랐다. 진작에 내가 그 회사에 돈을 몰빵했다는 걸 알고 있던 주변 사람들은 속도 모르고 부럽다며 카톡을 보내오기도 했다.

물론 내가 그때 가격에 전량을 매도했더라면 그들의 말마따나 로또 맞은 격이었으리라. 하지만 사람 인생이라는 게 그렇게 쉽지가 않았다. 몇 번의 고비를 넘겨서 여기까지 올라왔으니 30만 원까지도 가지 않겠나 싶었던 게 지금 돌이켜보면 무식하고 용감하기 짝이 없는 발상이었다. 그동안 크게 잃어본 적이 없으니 그 짧은 시간 동안 매매법을 제대로 배울 수도 없었고, 몇 번의 행운을 내 능력이라고 과신한 것이 패인이었다. 하루가 다르게 곤두박질치는 주가를 보면서 다시는 그 시절이 돌아오지 않겠구나, 뒤늦게 깨달았다. 그리고 깨달음이란 게 늘 그렇듯 깨달았을 땐 이미 너무 멀리 와 버린 뒤였다.

사람이 얼마나 간사하고 치사하냐면, 그때 가장 큰 위로가 되었던 것은 친구들의 격려도, 어찌 됐든 빨간불로 마무리한 수익률도 아니었다. 나보다 더한 남들의 불행이었다. 네이버 종목 토론방에 들어가서 고점에 전 재산을 베팅한 사람들을 보며 쓰린 속을 달랬다. 후회는 아무짝에도 쓸모가 없다. 내게 주식을 알려주던 친구는 아직도 곧잘 해 먹고 있는 걸 보니 이것도 다 재능이고 적성인가보다, 했다.

요컨대 꺾인다는 건 이런 것이다. 그 제약회사의 주가가 어떤 이슈 때문에 잠깐 오른다 하더라도, 세계 최초로 코로나 백신을 개발할지 모른다는 기대감에 천정부지로 치솟았던 그 시절만큼은 절대 도달할 수 없다는 것. 사람에게도 시기와 운이 받쳐준 덕분에 최고의 전성기가 찾아오는 순간이 오기 마련이다. 그리고 그때가 바로 '꺾이는 시점'이라고 할 수 있지 않을까. 그래프가 계속해서 오르고 있을 때는 절대 깨달을 수 없는 것. 정점을 찍고 내려가기 시작한 뒤에나 알아차릴 수 있는 것. 그것이 바로 내가 스물아홉에 체득한 '꺾인다'의 정의였다.

5년 전부터 '너도 곧 꺾일 것이다'라는 말을 들어왔지만 크게 와닿지 않았던 이유에 대해 생각해본다. 뭘 좀 이룬 게 있어야 꺾이든지 말든지 하는 거지. 아직 내 인생이 꼭대기에 도달하려면 멀지 않았나? 그런 막연한 기대가 있었다. 이런 기대의 기저에는 내가 분명히 '무엇인가는 이룰 것이다'라는 자기 확신이 존재한다. 이 확신은 시간이 조금씩 지나면서, 서른이라는 나이가 가까워지면서 점차 희미해졌다. 그냥 이렇게 별 볼 일 없는 어른으로 나이만 먹다가 내 인생의 그래프가 끝나버리는 것이 아닌가? '꺾일 수조차 없었던' 사람이라니, 얼마나 초라하고 한심한가? 그런 자괴감에 매몰될수록 무기력해졌다.

그래서 이 책을 쓰기로 했다. 나는 어떤 대단한 사람들의 자기계발서처럼 '성공하는 삶'을 사는 법에 대해 말할 수는 없다. 아침형 인간으로 살아라, 새로운 것을 배워라, 실패를 무서워하지 마라, 열정을 잃지 말아라, 이런 조언보다 먼저 근본적인 질문을 던지고 싶다. 당신이 생각하는 '성공한 삶'이란 무엇인가? 가족이, 친구가, 동료가, 사회가 정해둔 기준 말고 온전히 자신만의 가치판단에 따라 기준점을 정하는 일은 생각만큼 쉽지 않다. 이상과 현실 사이에서, 꿈과 불안 사이에서 타협해야만 하기 때문이다.

처음으로 어린이날을 만든 방정환은 인생의 3분의 1은 어린이, 3분의 1은 젊은이, 나머지 3분의 1은 늙은이라고 언급한 적이 있다. 이 논리에 따르면 기대수명 100세 시대인 오늘날 '어린이'의 기준은 약 30세인 셈이다. 그러니까 이 세상에 언제까지나 유효한 불변의 기준이나 평균이라는 것은 없다는 뜻이다. 나는 지금도 5월 5일이 되면 엄마나 아빠에게 어린이날 선물을 달라고 연락한다. 진짜로 받을 목적이라기보다는 '나는 아직 당신들이 생각하는 어른이 아니다'라는 의지 표명에 가깝다. 기성세대가 생각하는 스물아홉이 어떤 모습일지는 몰라도 내가 생각하는 스물아홉이라는 나이는 일종의 과도기다. 자기의 미래에 대한 의문과 불안을 온전히 받아들이고 충분히 고민한 뒤에, 자신만의 해답을 찾아가기 좋은 시기. 열아홉 살의 내가 스물아홉이 되도록 학교에 다니고 있을 줄이야 꿈에라도 생각한 적이 있었겠는가?

# 불안정은 어디에서 오는가

스물 후반대에 접어들며 친구들은 사주나 타로, 신점에 푹 빠졌다. 유명한 점집에는 예약을 걸고 석 달을 넘게 기다리는가 하면, 서울에서 대전까지 원정을 가기도 했다. 이것도 나이를 먹으며 생긴 변화일까? 나는 친구에게 왜 그렇게 남이 해주는 말에 연연하냐고 물은 적이 있다. 그 친구는 원체 마음이 약하고 오지랖이 넓은 편이라 별명도 '대가리 꽃밭'이므로 글에서는 편의상 '화분'이라고 적도록 하겠다. 화분은 내가 여태까지 만나온 또래 중 손꼽히게 열심히 살아가는 사람이다. 전공하던 분야와는 완전히 다른 길임에도 집안의 지원 없이 자신만의 힘으로 사업을 일구어냈고, 택배 회사가 쉬는 주말이나 공휴일이면 투잡을 뛰기도 한다. 너 정도면 충분히 잘 살고 있는 거 아니냐는 내 질문에 화분은 이렇게 대답했다.

**화분**
> 미래에 대한 기대로 합리화라도 해야 돼  오전 1:40
> 나는 좀 확신을 얻고 싶어
> 날 모르는 제삼자가
> 날 보고 넌 성공해!
> 라고 하면 맘이 좀 편해질 것 같아  오전 1:41
> 너네나 애인이나 지인들은
> 날 알고 내가 해온 걸 봤으니까 그런 사람 말고
> 좀 날 모르는 사람이 확신을 주면
> 그나마 합리화하면서 버틸 수 있을 것 같아  오전 1:42

　사람들은 왜 나와 가까운 사람보다 '남의 말'을 더 쉽게 믿곤 할까? 그 내용이 본인의 평가에 관한 일이라면 더더욱 그런 것만 같다. 아침에 일어나 화장실에서 거울을 볼 때, 매일 보는 얼굴인데도 유독 낯설고 못생겨 보여서 누구에게든 "나 진짜 이렇게 생겼어?"라고 묻고 싶은 그런 심정일까? 주변인들에게 넌지시 "나

오늘 피곤해 보이지 않아? 나 오늘 좀 부은 것 같지 않아?" 하고 던진 질문에 "아냐, 똑같아."라는 답변을 들어봤자 영 시원치 않은 느낌과 비슷할까?

　마음속으로 정해둔 정답을 상대방의 입을 빌려 듣기를 바라는 빤한 마음은, 요 몇 년 유행한 MBTI 성격유형검사가 사랑받는 이유와 비슷할 것이다. 요즘 10대들은 새로운 사람을 만나면 먼저 상대방의 MBTI를 물어본다던데(이것도 한 2년 된 기억이라 진짜 요즘 10대들이 어떤지는 나도 잘 모른다), 이 유사과학이 신점이나 사주랑 묘하게 겹치는 지점이 있는 것처럼 느껴진다면 그냥 기분 탓일까? 내 MBTI는 대부분의 경우 INTJ인데 자세한 설명이나 관련된 글을 보면 아주 딱 들어맞는 것처럼 느껴지다가도, 정신 차리고 보면 왜인지 내가 나의 성격을 INTJ라는 결과에 자꾸 끼워 맞추는 것 같다는 생각을 지울 수가 없다. 신점이나 사주도 그렇지 않은가? 맞는 것 같기도 하고 아닌 것 같기도 한데, 어쨌거나 맞는 것 같으니까 일단 이 사람 말을 따라보자. 얼렁뚱땅 그렇게 되고 마는 게 아니냔 말이다.

　결국 '나'를 평가하는 '나'에 대한 확신이 없기 때문에 공신력이 있는 '것처럼' 느껴지는 타인에게 지령을

{ 다 먹고 살자고 하는 일인데 }　　　　　　17

받고 싶은 것이다. 그렇게 되면 모든 게 간단해진다. 어떤 선택을 했을 때 발생하는 실패나 좌절의 책임을 스스로에게 묻지 않아도 되기 때문이다. 마음 놓고 원망하고 탓할 수 있는 사람이 생긴다는 건, 반대로 말하자면 성공했을 때의 공 역시 온전히 나의 몫으로 치하할 수 없다는 뜻이다. 나에 대한 강력한 불신은 외부를 향한 강력한 신앙으로 쉽게 치환된다. 남에게는 믿음을 주면서 나에게는 계속해서 각박해진다. 우리가 우리에게 마음을 쓰지 않을 때, 우리가 우리에게 너그러워질 수 없을 때, 우리가 우리를 믿지 못할 때 우리는 끊임없이 불안해한다. 내가 딛고 있는 발판이 제대로 된 것이 맞는지, 넘어지거나 무너지지는 않을지 확인받고 싶기 때문에. 불신과 불안은 같은 뿌리에서 자란다. 비단 자기 자신에게만 국한된 이야기는 아니다. 친구나 연인 사이에서 한 번 신뢰가 깨지면 그 관계를 지속하기 위해 아주 많은 노력이 필요한 것처럼.

그렇다면 우리가 어떤 상태를 '안정적이다', '안전하다'고 느낄 수 있게 만들어주는 요소들에는 무엇이 있을까? 화분을 비롯한 다른 친구들에게 물었다. 가장 많이 돌아온 대답은 역시 '규칙적이고 부족하지 않은 수입'이었다. 사람의 여유는 돈에서 나오고, 인성은 탄수화물에서 나온다나. 사람들은 마음이 궁핍하지 않기 위해 돈을 찾는 셈이다.

　인터넷에서 어느 청년 사업가의 성공담에 대한 인터뷰를 본 적이 있다. 몇 번이나 사업에 실패했지만, 종목을 바꾸며 수차례 재도전한 끝에 브랜드화에 성공할 수 있었다던 이야기였다. 읽으면서 뭔가 찝찝하고 아리송했는데, 이 밑도 끝도 없는 불편함이 그저 피해의식이나 자격지심인 줄 알았다. 나중에 생각해보니 그 몇 차례나 실패하며 사업을 접었던 업장의 위치가 본인 아버지 소유 건물의 1층 자리였다고. 그러니 계속해서 도전할 수 있었던 거다. 물론 그의 사업 수완이 얼마나 좋은지, 얼마나 대단한지에 대한 문제는 완전히 별개이다. 내가 그를 보고 느꼈던 부러움의 종류는 단순히 돈이 많다거나 도전에 대한 기회비용이 없다거나 하는 점이 아니다. 그 사람의 도전에는 '늦은 때'나 '늦은 나이'가 없을 것이라는 점이었다.

　학생 겸 프리랜서로 공부와 일을 병행하면서, 나의 주된 수입원 중 하나는 대입이나 취업을 위한 자기소개서를 첨삭하고 지도해주는 컨설팅 일이었다. 고등학생,

검정고시생, 대학생, 대학원생, 무직자, 파트타이머, 프리랜서, 회사원 등 수많은 10대와 20대를 만나보았다. 나는 거의 10년 동안 외길만 걸어온 창작자의 입장이라 이렇게나 다양한 삶이 있다는 걸 이 일을 하면서 느꼈다. 하지만 절박한 사람들이 대개 그렇듯, 대부분이 같은 고민과 불안을 가지고 있었다.

"선생님, 너무 늦은 건 아닐까요?"

수시를 준비하기엔 너무 늦은 게 아닐까요? 이 분야로 취업을 준비하기엔 너무 늦은 거 아닐까요? 이직하기엔 너무 늦은 게 아닐까요? 대학원에 진학하기엔 너무 늦은 게 아닐까요?

이런 질문에 내가 해줄 수 있는 대답은 형식적이지만 늘 똑같았다. 너무 늦었다고 생각될 때가 가장 빠른 거라는 말도 있잖아요. 그런 불안은 지금 이 시기에 아무런 도움이 되지 않습니다. 그렇게 답변을 했지만 사실 내 안에도 그런 불안과 불신이 언제나 도사리고 있었기에 썩 믿을 만한 위로는 아니었으리라 짐작한다. 그저 나는 그들이 원하는 곳에 합격할 수 있도록, 새로운 시작을 할 수 있도록 최선을 다해 도왔을 뿐이다.

안정적인 삶과는 거리가 먼 삶을 살았다. 스무 살, 대학교에 입학하고부터 아르바이트를 했다. 열심히 벌었고, 버는 족족 필요한 곳에 썼다. 적금 같은 건 딱히 들어본 적도 없고, 유일하게 있는 건 주택청약뿐이다. 이마저도 은행에 일을 보러 갔다가 친절한 은행원의 권유를 듣고 얼떨결에 개설한 것이다. 모아둔 돈도 없고, 일정한 수입도 없다. 주식으로 번 돈으로는 차를 샀고, 대학원 등록금은 학교에서 행정 조교 일을 하며 감면받았다. 친한 친구의 경조사에 낼 축의금이 빠듯해서 미리 모아두어야 하고, 핸드폰 요금 연체 문자를 한 달에 한 번꼴로 받기도 했다.

그런 날들이 있는가 하면, 부모님께 용돈을 부치고도 남아돌아서 친구들에게 매일 비싼 술과 밥을 산 적도 있었고, 입지도 않을 옷이나 가방을 충동적으로 구매하는 바람에 일주일 내내 택배를 받던 때도 있었다. 이런 내가 앞으로의 진로나 커리어에 대해 고민을 털어놓는 클라이언트들에게 해줄 수 있는 조언은 늘 현실적이고 실재적인 것뿐이었다. 어떤 마음가짐으로 삶을 대해야 하는지, 불안과 불신에 잠겨 어쩔 줄 모를 때면 어떻게 이겨내야 하는지, 그런 어드바이스를 할 군번이 아니었다. 그런 면으로 봤을 때 나는 좋은 컨설턴트였을지는 몰라도 좋은 선생님은 아니었을 것이다.

성인이 되고 나서부터 닥치는 대로 아르바이트를 했다. 이자카야 홀서빙, 학원 데스크, 샌드위치 가게 조리 보조, 백화점 의류 매장 판매직, 스타트업 회사 마케팅까지 많은 일을 거쳐왔지만 결국 마지막에 남은 것은 프리랜서 작가 업무와 카페 바리스타 일이었다. 바이럴 마케팅 원고를 쓰거나, 정부 지원하에 관광공사의 브로슈어를 만들거나, 외주 업체에서 일을 받아 웹드라마의 콘티를 짜거나, 옥외 광고용 CF 시나리오 작업을 하거나, 하다못해 어느 저명한 상공 계열 교수님의 저서를 대리로 집필하기도 했다. 자기소개서 컨설팅 일도 비슷한 맥락이었다. 그렇게 8년을 보냈다. 세상에는 생각보다 글이 필요한 곳이 많고, 그럼에도 불구하고 글을 곧잘 쓰는 사람이 드물다는 깨달음을 얻기까지 걸린 시간은 딱 반년이었다.

나는 종종 4차 산업혁명의 도래와 포스트 코로나 시대가 '문예창작'이라는 분야를 가장 먼저 지워버릴 거라며 두려움에 떠는 친구들을 목격한다. 하지만 글쎄, 기껏 AI를 발명해놓고 그깟 글쓰기에 활용할 만큼

이 세상은 녹록지 않다. '대단한' 과학 기술의 맹신자들은 언제나 인문학과 사회학, 철학을 멸시하는 경향이 있으므로 여하간 글쓰기로 밥벌이를 해 먹는 사람들은 생각보다 꽤 오랫동안 살아남을 것이다. 금액의 규모에는 상관없이.

　내가 처음으로 '작가님'이라는 호칭으로 불리기 시작한 건 스물두 살 무렵이었다. 사이버대학교에서 강의에 사용하는 교재를 수정하고 교정하는 일이었다. 이제 막 고등학생 티를 벗은 나이에 작가님, 선생님이라고 불리는 일이 너무나 낯설고 간지러웠다. 그건 비단 나만이 느낀 감정은 아니었던 것 같다. 클라이언트들은 새파랗게 어린 여자애가 이 프로젝트에 참여한 작가라는 사실을 곧잘 깜박했다. 지금 생각해보면 깜박한 게 아니라 일부러 그랬던 것 같기도 하고. 선생님이나 작가님 대신 "지윤 씨"라고 불리는 일이 점점 더 잦아졌고 그 사실에 나 역시 익숙해졌다. 나는 마음속으로 내 역할을 계속해서 과소평가했다. 대부분의 여성들이 이러한 방식으로 자신의 가치를 축소시키거나 제대로 된 비용을 받지 못하고 노동하곤 한다.

제대로 정신을 차리게 된 사건은 앞서 언급했던 일들 중 한 교수의 대필을 하게 되었을 때 발생했다. 어느 사단법인 협동조합에서 소상공인들의 성공 신화를 다룬 마케팅 서적을 만들고자 연락해왔다. 확실하지는 않지만 아마도 스물대여섯쯤의 일이었을 것이다. 내가 맡은 일은 소상공인 컨설턴트였던 교수를 따라 전국 방방곡곡을 돌아다니며 인터뷰를 진행하고, 그 내용을 바탕으로 원고를 작성하는 일이었다. 대략적인 디렉팅은 교수가 해주었으나 실질적인 인터뷰 진행과 원고 집필은 전부 나의 역할이었음에도, 만나보았던 인터뷰이 중 대부분이 나를 교수의 따까리 정도로만 여겼다. 인터뷰 자리에서 나에게 술을 권하고, 외모에 대한 평가를 아무렇지 않게 하면서도 내가 무슨 일을 하고 있는지, 어떤 글을 쓰게 될 것인지에 대해서는 하등 관심이 없다는 듯한 그 일관적인 태도가 나를 질리게 만들었다. 서러움과 분노가 폭발한 것은 서울로 돌아가던 버스 안에서였다. 교수와 나를 따라 매출을 크게 올린 지방 시장을 견학 왔던 몇몇 상인들은 주전부리와 막걸리를 꺼내 한잔씩 하기 시작했다. 나는 이들 사이에서 홀로 외로운 싸움(인터뷰)을 하고 왔던 터라 너무도 피로했기 때문에, 시장에서 사온 음식을 권하던 이들을 애써 웃는 얼굴로 물리쳤다. 최대한 좋게 거절하고 사담에 적당히 답변해주고 있던 내게 어느 상인이 이렇게 말한 것이다.

"이러니까 교수님이 그렇게 예뻐하시지. 끼고 도시지."

그때 나는 뭔가에 뒤통수를 크게 후려 맞은 기분이었다. 나는 그 교수의 가르침 아래에 있던 학생도 아니었고, 우리는 그저 계약 관계였으며, 그 사실을 첫 만남 때부터 지금까지 밝혀왔고, 그들이 시장에서 견학을 하는 동안 대표들과 독대하여 인터뷰를 진행한 것은 나인데도 그들의 눈에 나는 '교수가 예뻐하고 끼고 도는 여자애'에 불과했던 것이다. 평생을 살면서 이때만큼 모멸감이 들었던 적이 없었다. 당시에는 약간 멍한 기분으로 그 말을 곱씹다가 도착지에 내리고 말았는데, 집에 돌아오는 길 갑자기 울컥 눈물이 났다. 당신들이 그렇게 존경하는 교수는 책 한 권 본인이 쓸 실력도 여력도 없어 대필 작가를 구했는데? 나를 왜 눈요깃거리처럼, 나이 많은 사람들 틈에 껴서 분위기를 띄워야 하는 접대부처럼 대하지?

물론 존경심이 들 만큼 깍듯한 인터뷰이들도 많았다. 그들은 내가 닮고 싶은 어른이었고, 이런 사람들이니까 성공하는 거구나 깨달음을 주기도 했다. 하지만 그뿐이었다. 결국 그 사람들도 교수가 쓴 책에 그의 지분이 단 1할도 없다는 것을 눈치채진 못했을 것이다. 심지어 추천사까지도 내가 썼다. 거의 1인 5역 정도 했던 것 같다. 나이 지긋한 양반들의 점잖은 말씨를 가지각색으로 따라 하느라 머리에 쥐가 날 뻔했는데.

이 일을 계기로 나는 쓸데없이 먼저 굽히고 겸손해지지 않기 위해 부단히 애를 썼다. 나처럼 지극히 내향적이고 수동적인 인물이 '건방지기 위해' 노력한다는 건 생각보다 굉장히 힘든 일이다. 미팅 자리에 나가는 내내 '너무 겸손해지지 말자, 나 자신을 깎아내리지 말자' 하면서 마인드컨트롤을 했고, 집에 돌아와서는 '아, 그 얘기까지는 하지 말걸' 하고 후회하는 날들의 반복이었다. 20대 여성 프리랜서로 살아가면서 느꼈던 가장 큰 고통은 이런 류의 감정 소모였다.

당시에는 내가 아직 어른이 덜 되었기 때문에, 이런 부당한 일들에 무뎌지거나 단단해지는 법을 배우지 못했기 때문에 힘들었던 거라고 생각했다. 그런데 스물아홉 살이 되었지만, 커리어가 늘고 작업물이 쌓였지만 나는 여전히 어떤 기로에 서 있는 기분이 든다. 어떤 사람들은 자기소개서를 쓰고, 포트폴리오를 만들고, 스펙을 쌓고, 면접을 준비하면서 한 번의 '합격'을 얻는 것으로 일정한 수입이 보장된다. 그 이후의 행보는 개개인의 역량에 따라 달라지겠지만 어쨌거나 사회에서 이야기하는 '취업'이란 대개 그런 모양새이다. 반면에 '프리랜서 되기'에는 별다른 자격도, 조건도 없다. 그렇기에 매 순간마다 누군가에게 스스로를 선보이고 평가받아야 한다. 계약서 한 장을 더 쓰기 위해 먹고사는 동안 끊임없이 합격과 불합격의 순간을 버텨야 하는 셈이다. 정규직이 아닌, 어떤 단체에 속할 수 없는 나라는 존재 자체를 일종의 상품으로 내놓아야 하는 모든 이들의 삶을 그저 '불안정'이라는 말로 퉁쳐버려도 되는 걸까?

요즘은 그런 생각을 한다.

# 아직 직업은 학생입니다

"대학원생은 사람도 직업도 아니고 그냥 '상태'야."

처음 듣고 참 기가 막힌 비유라고 생각한 말이다. 논문 준비 전에는 수업 듣고, 조교 근무 하고 남은 시간에 자기소개서 컨설팅 일을 하면서 알차게 생활비를 벌어들였다. 본격적으로 논문을 쓰기 시작하면서 부업 만질 시간도 없고 심적인 여유도 부족해서 잠깐 접어두었더니 순식간에 통장 잔고가 바닥났다. 이건 엄마 아빠에게 비밀인데, 얼마 전에 마이너스 통장이나 생활비 대출, 비상금 대출 같은 상품에 대해 알아본 적이 있다. 요즘은 공인인증서나 핸드폰만 있으면 정말로 1분 안에 대출 가능 여부가 나오는 좋은 세상이더라. 덕분에 하루에 다섯 군데에서 한꺼번에 까여보기도 했다.

　신용카드를 하나 더 만들자니, 아예 발급 신청서를 작성하는 첫 페이지부터가 큰 난관이었다. 직업을 선택하라는데, 나는 자영업자도, 직장인도, 전문직도 아니기 때문이었다. 내가 고를 수 있는 선택지는 그저 '학생'뿐이었다. 학생이라니. 학교 앞에 있는 미용실에서 대학생 할인도 못 받는데 내가 이런 데에서나 학생 취급을 받아야 한다니. 헤어 디자이너 선생님께 부끄러움을 무릅쓰고 '여기 대학생은 30% 할인이던데, 혹시 대학원생도 되나요…?' 하고 물어봤던 기억이 불현듯이 떠올라 눈을 질끈 감았다. 디자이너 선생님은 아주 죄송하나는 듯이 웃으며 안 된다고 대답했고, 나는 카드를 내미는 와중에도 2개월 할부를 부탁해야만 했다.

　네이버 사전에 따르면, '직업'이란 생계를 유지하기 위하여 자신의 적성과 능력에 따라 일정한 기간 동안 계속해서 종사하는 일이라고 한다. 어떤 상태가 직업이 되기 위해서는 우선적으로 '생계를 유지할 수 있어야 한다'는 조건을 충족시켜야만 한다. 그런 의미에서 대학원생이란 직업은 애초에 성립될 수가 없다. 여태까지 살아온 중에 제일 바쁜 1년 반을 보내고 있는데도, 나는 난생처음 공식적인 무직자가 되고야 말았다. 처음으로 대학원 입학에 대한 의사를 표명했을 때, 나를 딱한 눈으로 쳐다보던 선배들의 말을 조금만 더 귀 기울여 들었어야 했다. 남이 하지 말란다고 안 하는 성격은 아니라 결국에는 척척석사의 길로 향했을 테지만, 그래도 마음의 준비나마 더 단단히 하지 않았을까?

이쯤에서 밝히자면 나는 유치원 때부터 조기교육 하면 떠올릴 수 있는 거의 모든 것을 배웠다. 좋게 말하면 의젓한 애였고 나쁘게 말하면 수동적인 애였다. 지금 돌아보면 그냥 밖에 나가 노는 것보단 집에 틀어박혀서 만화책 읽고 그림 그리고 게임하는 걸 더 좋아했던 히키코모리 꿈나무였을 뿐이다. 뭘 시켜도 엉덩이 붙이고 앉아 그럭저럭 해내는 나를 엄마는 영재라고 생각했던 듯하다. 그 나이대의 애가 있는 부모들이 대개 그렇듯, 우리 애는 천재가 틀림없다며 확신한 엄마는 나를 목동에서 가장 큰 종합학원에 집어넣었다. 등록하기 위해서 무려 국·수·사·과(나 때는 언·수·외·탐이었다)를 아우르는 입학시험을 치러야 했고, 어찌저찌 턱걸이로 '과고영재반'에 들어갔다. 지금 생각하면 어이가 없고 기가 찰 노릇이지만, 그 당시엔 나름대로 생물이나 지구과학을 좋아했던 것 같기도 하다.

　공부를 열심히 해서 특목고에 입학하며 훌륭한 엘리트가 되었습니다, 같은 희망적인 전개는 지금의 나를 보면 알겠지만, 물론 아니었다. 딱히 놀랄 만한 일은 아니다. 이름 붙인 것처럼 거기엔 진짜 영재인 애들이 득실거렸고, 나는 그냥 영재가 아니었을 뿐이다. 내가 그 학원에서 배운 거라곤 '나는 영재가 아니구나'라는 사실 하나였다. 아무리 노력해도 세상엔 절대로 안 되는 게 있다는 걸, 너무 어린 나이에 톡톡히 깨달은 셈이다.

　아이들은 대개 부모를 비롯한 양육자의 품을 떠나 사회화되는 과정에서 자신을 객관화하는 법을 배우게 된다. 나는 이때 생기는 일종의 괴리감이 '중2병'의 원천이라고 생각하는데, 내가 믿던 스스로에 대한 환상이 사회에서 실재하는 '나'의 위치나 한계로 인해 깨지는 순간, 나 자신을 비롯한 현실과 사회를 향한 네거티브한 감정(분노, 절망, 우울 같은)을 무차별적으로 발산하게 된다는 것이다. 유아기 전능감(Infantile Omnipotence)의 좌절 정도가 클수록, 환상과 체감한 현실 간의 낙차가 클수록 이 질환(중2병)은 더욱 깊게 나타나곤 한다.

　나의 경우에는 그 병이 꽤 심각한 편이었다. 그 기

간 동안 생성된 극단적이고 비뚤어진 취향들이 아직까지도 내 삶 전반에 영향을 미치게 되었다. 예를 들면 어떤 소설이나 영화, 만화를 보더라도 선역보다는 악역에, 구원보다는 파멸에, 용서보다는 복수에 마음이 간다. 좀비물을 비롯한 B급 영화나 오타쿠 문화라고 불리는 서브컬처 같이 철저한 비주류의 영역에 꾸준히 흥미를 느끼는 것도 비슷한 맥락이 아닐까 한다. 노력해서 성장하고 운명처럼 사랑에 빠지는 주인공보다는 출생의 비밀과 비극적인 사연을 지닌 채 눈에 빤히 보이는 파멸의 길로 향하는 서브 캐릭터나 악역이 좋았다. 100이면 99의 확률로 이런 인물들은 끝내 주인공을 이기지 못하고 암울한 끝을 맞이하게 되는데, 어쩜 그렇게 곧 죽을 캐릭터들에게만 끌리고 마는지, 망할 주식임을 알면서도 끝까지 사 모으다 파산하는 미련한 개미 그 자체인 인간이 바로 나였다.

최근에는 이런 스스로의 취향을 다시 돌아보고 회개하는 시간을 가지려고 노력하고 있는데, 몇 년 전에 개봉한 영화 〈조커〉의 영향이 꽤 컸다. 굳이 조커 같은 범죄자의 사연에 과몰입하며 사회에 대한 부당한 분노와 폭력을 정당화하는 인간 군상들을 보면서 지레 찔렸던 것이 원동력이었다. 그럼에도 불구하고 무슨 장르에서건 굳세고 올곧은 남자 주인공에게는 본능적으로 영정이 붙질 않아서, 요즘은 여자 주인공이 등장하는 서사를 읽거나 보거나 쓰기 위해 노력하고 있다. 문학을 한다는 건, 글을 쓴다는 건 사실 내게 이런 작업이다. 오래전에 이미 묻어버려서 당연한 것처럼 굳어진 관성을 깨고, 발굴하고, 고치거나 복원하는 일. 이런 행위가 조금 더 나은 '나'를 만들어갈 것이라는 기이한 확신을 주는 일. 그래서 꽤 괜찮은 사람이 될 것만 같다는 희망으로 내일을 살아가게 만들어주는 일.

내 연락처가 휴대폰 전화번호부에 저장되어 있는 사람이라면 한 번쯤 나의 카카오톡 프로필 사진을 본 적 있을 것이다. 프로필 사진은 3년 넘게 '파워 디지몬'이라는 애니메이션의 한 장면으로 유지되고 있다. 블랙워그레이몬이라는 캐릭터가 "나는 나보다 약한 녀석의 명령 따위는 듣지 않는다"라는 대사를 하는 부분인데, 이 나이가 되도록 아동용 만화를 프로필 부분으로 해두고 있다고 직장에서나 학교에서 놀림을 꽤 받기도 했다. 누군가 나에게 가장 존경하는 인물이 누구냐고 묻는다면 나는 블랙워그레이몬을 꼽을 것이다.

내 또래는 디지몬이 무엇인지 대충 알고는 있을 테지만, 어렸을 적에 디지몬보다는 포켓몬에 심취해 있었을 사람들을 위해 간단하게 설명해보자면, 디지몬은 현실 세계의 디지털 데이터들이 모여 이루어진 '디지털 월드'에 살고 있는 괴물들이다. 디지몬들은 저마다 '디지타마'라는 알에서 태어나고, 디지몬을 이루고 있는 데이터의 용량이 커질수록 더 강력한 모습으로 진화한다. 디지몬의 주인공으로 가장 널리 알려진 태일이의 파트너 디지몬, 아구몬이 가장 높은 등급인 궁극체로 진화했을 때의 모습이 워그레이몬이다. 블랙워그레이몬은 이 워그레이몬과는 색깔만 다른 아종으로, 디지타마에서 정상적으로 탄생한 개체가 아니라 모종의 힘으로 '만들어진' 디지몬이다. 알에서 태어나 차근차근 성장한 보통 디지몬과 달리 블랙워그레이몬은 눈을 떴을 때부터 궁극체였다. 자신을 만들어낸 악당의 지시에 따라 선택받은 아이들과 싸워야 하지만, 블랙워그레이몬은 어째서인지 스스로 사고할 수 있는 이지를 가지고 태어나고 만 것이다. 명령에 따르는 대신 바닥에 피어난 들꽃을 지키기 위해 그 위에 엎드린 채 블랙워그레이몬은 이런 의문을 갖게 된다. '마음이란 건 대체 어디에 있는 거지?' '풀꽃처럼 보잘 것 없고 연약한 존재가 짓밟히는 모습을 보고 나는 왜 고통을 느껴야 하는 거지?' 질문의 답을 찾기 위해 블랙워그레이몬은 디지털 월드를 헤매다가 아구몬을 만난다.

"마음이란 건 어디에 있지?"

"미안해, 잘 모르겠어. 마음이 어디에 있는지 한 번도 생각해본 적이 없거든."

"디지몬 알에서 태어나 생명과 마음이 있는 너도 모른단 말이냐? 그러면 마음이란 건 정말로 존재하는 거냐? 혹시 없는 걸 있다고 착각하는 게 아냐?"

"그건 절대로 아냐. 누군가를 아껴주고 위해주고 서로를 진심으로 믿고 따르는 마음이 착각일 리는 없어."

"그럼 하나만 더 묻자. 마음이 있으면 대체 뭐가 달라지지?"

"우리 디지몬은 디지몬답게 살고, 사람은 훨씬 더 사람답게 살 수 있어."

"하지만 나는 생명이 없이 움직이는 단순한 인형이

야. 그런데 그런 나에게 어째서 마음이 있는 거지? 나는 생명이 없어. 살아 있는 존재가 아냐. 그런 내게 마음이 있어 대체 무엇을 얻을 수 있는 거지?"

"뭘 얻을 수 있냐고? 그거야 동료를 얻을 수 있지. 네게도 마음이 있다면 너는 생명 없는 물체 같은 게 아냐. 우리랑 똑같이 살아 있는 존재야."

"동료? 다른 건? 그 밖의 다른 건 얻을 수 없는 건가?"

"그 밖의 다른 거라니 뭐가 갖고 싶은데?"

"모르겠어. 동료 같은 게 아냐. 물론 명예나 돈 같은 것도 아니야. 좀 더 중요한 것… 그래, 내가 나로 있어야 하는 이유."

"네가 너로 있어야 할 이유?"

"그래. 나는 이 세계에서 뭘 하면 좋지? 아니, 뭘 해야 하는 거지?"


블랙워그레이몬은 줄곧 '내가 나로 있어야 하는 이유, 내가 이 세상에 태어나게 된 이유'를 찾아 떠돌다가, 종국에는 최종 빌런인 묘티스몬으로부터 주인공들을 지키며 치명적인 부상을 입는다. 그리고 자신에게 남은 마지막 힘으로 묘티스몬이 만들어둔 디지털 월드와 현실 세계의 균열을 막은 뒤 소멸한다.

"블랙워그레이몬은 자신이 원하던 답을 찾았을까?"

"응. 아마도."

글쎄, 어땠을지는 이미 죽은 블랙워그레이몬만이 알고 있을 것이다.

지금 다시 봐도 이 장면은 꽤 철학적인데, 포스트휴머니즘은 고사하고 휴머니즘이 뭔지도 몰랐던 그 시절의 내가 이 캐릭터에게 애착을 가지게 된 이유는 무엇이었을까? 정확히 말로 설명하기는 어렵지만, '생명'이 아닌 것으로 태어났으나 삶의 의미를 찾아 방황하다가 종래에는 주어진 운명마저 극복하는 이 악당의 모습에 감명받은 것은 비단 나뿐만이 아닐 것이다.

그 무렵 나의 유일한 취미는 고작 버스 타기였다. 집에는 학원에 다녀오겠다 말해놓고 버스 정류장에 나가 노선이 가장 긴 버스를 골라 탔다. 딱히 목적지가 있는 것은 아니었다. 그냥 혼자 버스에 타서 창밖을 바라보며 한 시간이고 두 시간이고 우두커니 앉아 있을 뿐이었다. 내가 가장 좋아했던 자리는 맨 뒤에서 세 번째, 버스 뒷바퀴 위. 유독 우뚝 솟은 자리에 무릎을 모으고 창가에 머리를 기대어 앉은 채로, 엄마가 영어 듣기 할 때 쓰라며 사준 아이리버 mp3에 심혈을 기울여 담은 J-Pop들을 들었다. 내 옆을 스쳐 지나가는 낯선 풍경과 낯선 사람들을 멍하니 바라보고 있을 때면 아무 생각이 나지 않았고, 어떤 생각도 하지 않아도 되었다.

출근 시간도 퇴근 시간도 아닌 애매한 오후 시간대. 두 시에서 네 시 사이 어디쯤, 방지턱에 울렁이는 버스와 내가 어디까지 가건 관심 없는 기사 아저씨, 목적지에 다다라 내리기 위해 벨을 누르는 승객들, 드문드문 이어폰을 뚫고 들려오는 라디오 소리. 정류장을 안내해주는 녹음된 목소리. 이 모든 것들이 낯설지 않게 느껴지는 순간이 되면 하늘이 노랗게 물들다가 노을이 졌다. 그쯤이면 종점이나 회차 지점에 도착해서 저린 다리를 주무르며 버스에서 내렸다. 같은 방법으로 집에 가는 버스를 찾아서 되돌아갔다. 집에 도착하면 대강학원에 다녀온 시간이랑 비슷해졌다. 버스 선택을 잘못해서 시간이 많이 남는 날이면, 집이 아니라 학원으로 가는 버스를 탄 뒤 마지막 1교시 정도는 건성으로 듣고 오기도 했다. 맞벌이였던 엄마에게는 내가 학원 생활을 어떻게 하는지보다 달마다 한 번씩 치르는 월례고사 성적표가 더 중요했기 때문에 반년 정도는 그 작은 여정을 들키지 않을 수 있었다.

버스를 타고 학원에서부터, 집에서부터 아주 멀고 먼 곳으로 매일 도망치며 열다섯의 나는 무슨 생각을 했을까? 아무리 노력해도 진짜 영재가 될 수 없다는 걸 알아차린 순간 가장 절망했던 건 우리 엄마였을까, 아니면 나였을까? 학교에서 동급생들에게 따돌림을 당하면서도 소풍에 따라가 이어폰을 꽂고 앉아 시간을 보냈다. 집에 가면 책을 읽거나 투니버스를 봤고, 혼자 있는 시간이 누군가와 어울려 떠들썩한 것보다 편했다. 그때 나의 꿈이 무엇이었는지는 정확히 기억나지 않지만 어쨌거나 글을 쓰는 사람은 아니었을 것이다.

한 가지 분명한 것은, 블랙워그레이몬에 푹 빠져서 며칠 밤낮을 울고불고했던 나는 언젠가 반드시 '내가 세상에 태어나 살아가는 이유'에 대해 고민하게 됐으리라는 사실이다. 미디어나 사회에서 가지고 있는 로망처럼, 존재 자체만으로도 아름답게 빛나는 학창 시절의 추억 같은 것은 나와 먼 세계의 일이다. 은따였던 초등학생 시절도, 여러 일탈을 일삼았던 중학생 시절도, 문예창작학과에 진학하기로 결심했던 여고 시절도 돌이켜보면 별다를 것 없이 밋밋한 무채색처럼 느껴진다.

그래서인 것 같다. 내가 아직 '학생'이라는 걸 좀처럼 받아들일 수 없으면서도 여전히 학생이 아닌 나를 상상할 수 없는 까닭은. 20년 전에도, 10년 전에도, 5년 전에도, 그냥 나는 계속해서 나일 뿐이었다. 영재가 아니었던 내가 시간이 흐른다고 해서 별안간 어떤 분야의 대가가 될 수 없는 것처럼. 예술은 누군가에게 구원이 되어줄 수 있다고 내게 말했던 누군가는 예술계 성폭력의 가담자로 고발되었고, 한때 동료였던 이들은 그를 묵인하고 눈감아준 적이 있었다. 아이러니하게도 그때쯤에야 깨닫게 되었다. 어디에도 전지전능하고 영원하며 절대적인 가치는 없다는 걸.

# 아는 사람 이야기

본격적으로 에세이 원고를 쓰기 시작하면서, 가장 먼저 했던 고민이 바로 '어디까지 솔직해져야 하는가?' 였다. 나는 열아홉 살부터 소설을 쓰기 시작했는데, 처음으로 접한 장르가 픽션이기 때문인지는 몰라도 에세이의 작법에 익숙해지기가 쉽지 않다. 이전에는 별 생각 없이 읽히는 대로 읽었던 수필집을 다시 들춰보면서 '이 작가가 정말 이런 생각을 했다니 정말 충격적이다' 같이 아마추어적인 생각을 하고 마는 것이다. 가장 폭넓고 대중적인 장르를 에세이라고 막연하게 생각해왔는데 막상 쓰는 입장이 되니 길거리에 발가벗고 돌아다니는 것처럼 부끄러운 기분을 감출 수가 없었다. 하지만 더 어려웠던 건 내 얘기가 아니라 남의 얘기였다. 조금 더 정확하게 표현하자면, '남의 얘기'에 대한 '나의 생각'을 글로 적는 것이 큰 난관이었다. 그 사람에게 실례가 되지 않을까, 그 사람이 나의 글을 읽고 자기 얘기라고 생각해서 화를 내진 않을까, 그런 불안 때문이었다.

말이나 글은 한 번 엎지르고 나면 어딘가에 스며들어서 닦아낼 수 없는 물과 같다. 시나 소설보다 에세이를 쓰는 일이 더 힘들고 지지부진한 작업이 되는 까닭도 여기에 있다. 소설을 읽는 사람들은 그것을 가상의 이야기라 생각하고, 나는 그들의 판단 뒤에 언제든 숨을 수 있지만, 에세이는 아니니까.

이런 변명 같은 말을 글의 처음으로 삼은 것은, 솔직하게 밝히자면 조금 비겁한 이유이다. 지금부터 쓰려는 이야기들은 분명 내 인생에 있어서 가장 중요한 순간들 중 하나이기에 도저히 빼놓을 수 없었지만, 누군가에게는 역린처럼 느껴질 수 있기 때문이다. 만약 그들이 나의 책을 읽게 되더라도 떳떳할 수 있도록 어느 정도의 거짓말을 섞을 예정이고, 이것을 보고 있는 여러분 역시 이 점을 감안해주었으면 하는 작은 바람이 있다. 조금 뻔뻔한 부탁이다.

　내게는 가깝다면 가깝고, 멀다면 먼 친척 언니가 있다. 성인이 되고 나서는 거의 왕래가 없다시피 했지만 어렸을 땐 정기적으로 교류를 했다. 외할머니가 돌아가셔서 엄마와 아빠가 집을 오래 비워야 했을 때, 어린 나는 나보다 더 어린 동생과 함께 그 집에 얼마간 얹혀살기도 했다. 친척 언니를 떠올리면 가장 먼저 생각나는 이미지가 노란색이기 때문에 노랑 언니라고 부르려 한다. 그맘때쯤 머리가 아주 길었던 언니가 노란색 곱창 머리끈을 즐겨 썼기 때문이다. 요즘은 스크런치라는 이름을 달고 다시 유행을 하는 것 같던데, 어쨌거나 나에게는 곱창 머리끈이라는 이름이 더 익숙하므로.

　노랑 언니는 아주 적막하고 섬세한 사람이었다. 지금 생각해보면 어른스러운 아이였다는 말이 어울린다. 원래는 학벌 경쟁이 치열한 강남 8학군 출신으로 전교 1등을 놓치지 않았는데, 가세가 급격하게 기울면서 고시촌으로 유명한 동네에 터를 잡았다. 통학 시간이 2시간도 넘었지만 노랑 언니는 여전히 전교 1등이었고, 전국 1%였으며, 한참 어린 나와 동생까지 돌봐줄 수 있을

만큼 배려심이 깊었다. 언니와 나의 유일한 공통 관심
사는 만화책이었다. 언니는 시험에서 1등을 할 때마다
사고 싶은 만화책을 사서 책장에 진열해두는 취미가 있
었고, 그 귀한 것들을 초딩인 나는 아무렇지도 않게 쏙
쏙 골라 펴보면서 읽어댔다. 그래도 언니는 내게 큰소
리 한 번 낸 적 없었고, 오히려 스토리를 이해하지 못하
는 내게 등장인물의 과거사며 그들의 관계성 따위를 설
명해주곤 했다.

　노랑 언니는 큰 이변 없이 원하던 대학교에 합격했
다. 의대였다. 그것도 서울에서 손꼽히게 유명한 의대.
나는 한 번도 언니에게 꿈이 뭐냐고, 장래 희망이 뭐냐
고 물어본 적 없지만 어쩐지 그 소식을 듣고 나니 의
사만큼 언니와 어울리는 직업이 또 없겠다는 생각이 들
었다. 의사를 하기 위해서 태어난 사람 같았다. 누구에
게나 자애롭고 현명하며, 타인의 어려움에 진심으로 공
감해줄 수 있는 의사란 마치 만화 속에서나 나올 것처
럼 완벽했기 때문에. 의대생이 된 노랑 언니는 가끔 모
이는 식사 자리에까지 전공책을 들고 와서 읽곤 했다.
인체 해부도에 온갖 영어가 깨알보다 작게 쓰인 그 책
을 들여다보는 언니에게 나는 "그게 재밌어? 왜 밥 먹

으러 와서도 공부를 해?" 하고 물었는데, 그때 언니는 정말로 즐겁다는 듯이 웃으면서, "응. 난 이게 재밌어. 이게 좋아." 하고 대답했다. 그 순간이 내게는 어떤 충격처럼 와닿아서 마음에 새겨졌다. 나는 죽을 때까지 이해하지 못할 미지의 영역을 정말로 사랑하고 있는 사람의 행복한 표정이란 그 어떤 명화보다 강렬한 인상을 주었다. 나는 한참 공부가 하기 싫어서 방황하던 중학생이었지만 덕분에 세상에는 진심으로 공부를 좋아하는 사람도 존재하긴 하는구나, 그런 깨달음까지 얻을 수 있었던 것이다.

그 뒤로는 나는 나대로 언니는 언니대로 바빠 이래저래 세월이 흘렀다. 굳이 연락을 주고받지 않아도, 노랑 언니의 존재를 내 일상 속에서 완전히 까먹고 살아도, 가끔 아빠를 통해 언니네 식구의 안부를 들을 때면 늘 언니의 행복을 기원했다. 언니가 꿈을 이룰 수 있기를, 아주 뛰어난 외과 의사가 되어서 언제까지고 언니가 사랑하던 그 일을 지속할 수 있기를 바랐다. 한 번도 언니에게 직접 이런 마음을 전달한 적은 없었지만 그래도 언니는 내가 살면서 처음으로 만나본 '존경하고 싶은 사람'이었다. 그리고 나는 그로부터 몇 년 후 이 이야기를 언니에게 해주지 못한 것을 평생 후회하게 되었다. 의대 졸업식을 앞두고 조금 이른 결혼을 했던 언니가, 대학병원에서 레지던트 생활을 하던 중에 별안간 임신을 한 것이다.

의사가 되는 방법에는 두 가지가 있다고 한다. 첫째는 의대에 입학해서 예과 2년, 본과 4년의 교육과정을 마친 뒤 학사를 따는 것이다. 노랑 언니가 이 경우에 해당된다. 둘째는 4년제 대학을 졸업한 뒤 의학전문대학원에 입학하여 본과 4년의 교육과정을 거쳐 석사를 따는 것이다. 두 경우 모두 위의 과정을 마치고 나면 의사국가고시를 치를 수 있는데, 여기에서 합격을 해야 의사 면허가 발급된다. 의사 면허를 받은 뒤 인턴 1년과 레지던트 4년을 거쳐야만 박사학위를 취득하거나 전문의가 될 수 있는데, 인턴이나 레지던트 과정을 제대로 완수하지 못한 경우에는 전문의가 아닌 일반의로 남게 된다. 드라마나 영화에 나오는 대학병원 의사들이 대개 전문의라고 하는데, 일반의는 개인병원을 개업하는 경우가 많다고 하더라. 내가 이걸 왜 줄줄이 외우고 앉아 있냐면, 노랑 언니가 임신으로 전문의를 포기했다는 이야기를 듣자마자 인터넷에 검색해봤기 때문이다.

아이를 낳고 산후조리를 한 뒤에 다시 레지던트 과정으로 복귀할 수 있는지 없는지까지는 알지 못한다. 어쨌든 언니는 아이를 위해 전문의가 아닌 일반의로서의 삶을 택했다. 다른 사람이라면 이 사실에 그렇게까지 충격받지는 않았을 것이다. 나 같은 문외한의 입장에서는 전공의건 일반의건, 어쨌든 둘 다 똑같은 의사 선생님이고 그 둘의 차이점에 대해 들어봤자 잘 와닿지 않기 때문이다. 내가 문득 아쉽고 슬퍼졌던 이유에 대해 혼자 생각해봤다. 친인척 모두 언니의 임신을 축하했고, 순산을 기원했고, 인생에 있어서 가장 큰 성과를 이룬 것처럼 기뻐했지만, 왜 나는 혼자 침울했을까.

그래서 이 이야기를 쓰기까지 많은 고민을 해야만 했다. 언니가 낳은 아이는 이미 초등학생이 되었고, 가끔씩 형부의 SNS를 통해 보이는 언니네 가족은 단란하고 행복해 보였기 때문이다. 언제나 언니가 행복하길 바랐으므로 언니가 어떤 모양의 삶을 살건 여전히 나는 언니를 존경했다. 하지만 나의 후회는 이런 것이다. 언니가 언니의 꿈을 이루었으면 좋겠어, 언니는 세상에서 가장 대단한 의사가 될 수 있을 거야, 그런 응원과 지지의 말을 단 한 번도 건네지 못했다는 것. 나는 스물아홉이 되었어도 가끔씩 15년 전 언니의 미소를 떠올린다고, 이제는 말할 수 없다는 것.

내가 문예창작학과에 입학하고, 글을 쓰고, 공전을 만들고, 독립 문예지를 펴내는 동안에 언니를 딱 한 번 만난 적이 있다. 다른 친척의 결혼식 자리였다. 부모님은 어른들과 이야기하느라 바빴고, 내 동생은 그때 군대에 가 있었으므로 나는 별로 친하지 않은 친척 형제들 틈에 앉아 어색하게 밥을 먹고 있었다. 우리 엄마와 아빠는 둘 다 집안에서 막내였기 때문에, 친척 형제들도 나와는 나이 터울이 꽤 있어 공통 대화 주제랄 게 없었다. 대학교를 다니고 있는 사람은 그곳에서 나뿐이었는데, 이런 사이에서 오갈 대화라는 게 뻔했다. 어떤 오빠는 내게 "너는 남자 친구가 있느냐" "왜 없느냐"를 묻다가 "노랑이가 주변 의대생을 소개해주면 좋겠다"고 농담 삼아 말했다. 나는 그때 고개를 저으면서, 의대에 다니는 사람들은 나와는 완전히 다른 세계 사람인 것 같아서, 신기하고 거리감이 느껴져서 못 만날 것 같다고 답했다. 내가 그때까지 만나본 유일한 의대생은 오직 노랑 언니 한 명뿐이었기에, 당연한 사고였다. 그런데 언니는 내 예상을 뛰어넘고 아무렇지도 않게 대꾸했다.

"아냐. 나는 이리 네가 더 신기하던데. 내 주변에는 너처럼 사는 사람이 아무도 없어서. 다른 세계 사람 같아."

만약 이 이야기를 노랑 언니가 아닌 사람이 했더라면, 조금 기분이 나빴을지도 모르겠다. 하지만 나는 언니가 말한 '나처럼 사는 사람'이 무엇인지 알 수 있을 것만 같았다. 그리고 언니의 그 말에 악의는 전혀 없었을 거라고, 그냥 나는 나대로 살면 된다고, 그렇게 들렸기 때문에.

언니가 살아가는 방식을 늘 존중하고 존경했다. 아마 언니도 마찬가지였을 것이다. 언니는 어린 시절 내가 서툰 솜씨로 그린 네 컷짜리 만화를 보면서 이건 이래서 재밌고, 여긴 이렇게 하면 더 재밌겠다고 진지하게 고민해주던 사람이었으므로. 어쩌면 내 인생에서 가장 먼저, 내가 만든 이야기를 선보였던 사람도 언니였을 것이다.

이제는 나와 동생을 빼고는 친척들도 전부 결혼을 했고 저마다 다른 곳에 터를 잡았기 때문에 노랑 언니를 포함한 가족들도 더 이상 마주칠 일이 없다. 하지만 아이러니하게도 근래 들어 언니와의 연락 빈도가 잦아지게 되었다. 코로나가 창궐하고 우리 가족 주변에 아픈 사람이 늘면서 엄마나 아빠가 자연스럽게 의사인 지인을 찾기 시작했기 때문이다. 백신을 맞는 게 좋을지, 이런 증상이 코로나일지, 간이 좋지 않은 아빠가 뭘 조심해야 할지, 엄마 친구가 갑상선암에 걸렸다는데 완치율은 어떨지, 이런 시시콜콜한 의문들을 해결해줄 사람이 필요했던 것이다.

나에게 자꾸 연락해보라 종용하는 엄마에게 짜증을 낸 적도 있다. 아니 왜 바쁜 사람한테 그런 걸 물어보라고 해. 병원 가면 의사 있잖아. 의사 선생님한테 직접 물어보면 되잖아. 아무리 그렇게 말해도, 조금이나마 안면 있는 사람이 일면식 없는 의사보다는 믿을 만하다는 것이다. 입장을 바꿔 생각해보면, 내가 글 쓰는 사람이라고 대뜸 자기 아들 자소서 좀 봐달라던 어른들과 다를 게 없이 느껴졌다. 연락 한번 없다가 취업 준비할 때가 되니 한 번 '읽어만' 달라고 연락해오던 동창들도 있었고, 그때 내 기분이 썩 좋지 않았으니까. 그래서 억지로 몇 번 안부 인사 겸 카카오톡 메시지를 주고받

은 적도 있고 민망한 마음에 〈모티프〉를 내가 만든 책
이라며 보내주기도 했다. 언니가 그걸 읽어봤을지는 모
르겠지만.

## 꿈을 꾸는 데에도 돈이 필요하더라

"작가인 건 알겠는데, 무슨 작가예요?"

누군가에게 나를 소개할 일이 있을 때마다 가장 많이 듣는 질문 중 하나이다.

사람들은 더러 글을 쓰는 이들을 모두 작가라는 이름으로 퉁치곤 하니까, 아예 이해 못 할 질문은 아니다. 나도 생명과학과를 다니고 있는 동생에게 매번 "생명공학인지 생명과학인지 어쨌든 생명 그거"라고 얼버무리기 십상이라 할 말도 없다. 뭐가 됐든 본인이 상주하고 있는 장르가 아니라면, 그것도 예술이나 철학처럼 전문적으로 취미 삼기도 애매한 류라면 더더욱 그럴 수있다고 생각한다. 소설가도, 시인도, 에세이스트도, 칼

럼니스트도 전부 작가이긴 하니까. 다만 내가 곤란한 건 저런 물음에 어디까지 말을 해야 하는지를 잘 모르겠다는 점이다. 여태까지 썼던 모든 글의 종류를 말해야 하는지, 그게 아니라면 적당히 어느 선에서 몇 가지를 추려 말해야 하는지.

작가라는 건 애매한 직업이다. 회계사, 변호사, 의사, 교사처럼 어떤 시험에 통과한 사람도 아니고 무슨 자격증을 발급해주는 것도 아니다. 내가 만약 신춘문예나 신인상 공모전처럼 공신력이 있는 곳에서 등단을 했다면 '공인된' 소설가(혹은 시인이나 평론가)였겠지만, 나에게는 여태까지 그 어떤 메달도 주어지지 않았다. 내 이력서에 나열된 작업물들에는 시나리오도 있고, 기사도 있으며, 잡지, e-러닝 교재, 에세이, 자기계발서, 공연기획서, 공공기관 브로슈어도 있다. 하지만 이상하게도 저런 질문을 받으면 늘 같은 대답을 하고 싶어진다. 내게 돈 한 푼 벌어다 준 적 없고, 변변한 성취 한 번 이룬 적 없는 시나 소설을 쓰는 사람이라고. 한결같이 그렇게 말하고 싶었다. 그게 내가 딱 10년째로 간직하고 있는 꿈이기 때문에.

매년 등단 준비를 하면서 나를 가장 지치게 한 건 기약 없는 기다림도, 부질없이 낭비한 것만 같던 시간도 아니었다. 어쩌면 나의 선택이 잘못되었을지도 모른다는 두려움이었다. 함께 글을 쓰고 이야기를 나누던 친구들은 '작가'라는 이름으로 지면에 글을 싣기 시작하거나 반대로 글을 포기하고 다른 길을 찾아 떠나갔다. 내가 할 수 있는 것은 불안하고 초조할 때 돈이 되는 글을 찾아 쓰는 일이었다. 그땐 경력도 포트폴리오도 뭣도 없었기 때문에 다짜고짜 이력서를 낸 뒤 테스트 원고를 써가며 일을 받았다. 테스트 원고만 떼먹고 내 글을 버젓이 자사의 콘텐츠로 활용하는 인간 말종들도 있었고, 어리고 경력이 없다는 이유로 터무니없는 값에 후려쳐지는 일도 비일비재했다. 그래도 일단 주제와 목적, 레퍼런스가 주어져서 그저 쓰기만 하면 되는 글, 정답이 있는 글, 틀렸다면 고치면 되는 글이었기에 단순해서 좋았다. 그 일에 몰두하다 보면 내 꿈에 대한 불안도, 좌절감도 잠깐이나마 휘발되곤 했다.

돈을 벌어서 생계를 꾸리는 활동을 보통 '현실적'이라고 여기는 것과는 반대로 나에게는 돈이 되는 글을 쓰는 것이 현실 도피였다. 당장 작가가 되고 싶다는 열망, 등단에 성공해서 어떤 단상 위에 서고 싶다는 그 열망만이 현실이었던 셈이다. 누군가가 내린 지령을 따라가기만 하면 되는 글을 쓰고 있으면 문득 '그냥 이렇게 쓰고 벌면서 살아도 괜찮지 않을까?' 하는 생각이 들었다.

그래서 모은 돈을 털어 2015년에는 동유럽으로 여행을 갔다. 원래 여행을 좋아하는 편은 아니지만, 주변에서 다들 젊었을 때 하는 해외여행만큼 인생에서 값진 경험은 없다고 하길래 일단 비행기표부터 샀다. 성인이 되고 나서도 연락을 주고받는 몇 안 되는 고등학교 시절 친구와 단둘이 떠난 한 달짜리 배낭여행이었다. 유럽에 대한 로망도, 배낭여행에 대한 달콤한 상상도 딱히 없었던지라 의욕 넘치는 친구에게 일정 짜는 일을 전부 맡겼다. 친구가 가고 싶은 곳, 하고 싶은 일, 먹고 싶은 음식을 위주로 하되 군소리 없이 따르기로 했다.

여행은 꽤 즐거웠다. 기억에 남는 일들도 있다. 보디랭귀지만으로 사귄 외국인 친구들과 메일 주소를 주고받기도 했고, 어느 한적한 시골 마을에서는 동양인인 우리가 신기했는지 기념사진을 찍자는 노인들을 만나기도 했다. 함께 여행을 간 친구의 생일날엔 숙소에서

블루레이를 빌려 한글 자막도 없는 〈토이스토리3〉를 봤다. 아껴두었던 미역국과 김치, 라면에 맥주와 보드카를 마셨다. 다행히 소매치기는 당하지 않았지만 프라하 거리의 노숙자가 담배를 한 대 뜯어간 적은 있었다.

한국에 돌아와서는 제일 먼저 엄마가 해준 김치볶음밥을 먹었다. 생수보다 맥주가 더 쌌던 동유럽 물가 덕분에 잔뜩 살이 붙어 돌아왔는데, 역대 최고 몸무게를 경신하는 바람에 엄마가 공항에서 나를 알아보지 못하는 해프닝도 있었다.

누군가는 20대 때 자유로운 몸으로 다녀왔던 해외여행의 기억들을 연료 삼아 일상을 이어나가곤 한다던데, 나는 0원이 된 통장 잔고가 심란해서 여운을 제대로 만끽하지 못했다. 한 달에 500만 원을 넘게 썼는데 즐겁지 않으면 문제 있는 거 아닌가? 한국에서도 한 달에 500만 원씩 쓰고 살면 너무 재밌고 짜릿할 것 같은데? 이런 삐딱한 생각이 자꾸 들었다.

하지만 그 후로도 가끔, 나의 재능 없음을 직시하는 일이 버겁고 힘들면 그때 생각이 났다. 두브로브니크 해안가 절벽의 카페에서 맥주를 마시며 바라보던 노을이, 비 오는 날의 플리트비체 호수 공원이, 부다페스트의 화려한 야경이 단편적인 필름처럼 떠오르곤 했다. 그중에서도 가장 기억에 남는 풍경은 프라하의 카를교 위에 우뚝 서 있던 십자가와 예수였다. 기독교나 천주교도 아닌 내가 그 동상 앞에서 한참이나 걸음을 멈췄던 이유는 무엇이었을까?

이국의 낯선 정취가 아주 가끔 그리워질 때가 있다. 아무도 나를 모르고, 나도 누구든 모르는 곳이. 묶인 것도 없고, 붙들어야 할 것도 없는 곳이. 그게 마치 신을 믿지는 않지만 신을 찾고 싶을 때의 마음과도 같아서.

그 뒤로 무언가 일이 잘 풀리지 않을 때마다, 여유가 조금이라도 생길 때마다 모은 돈을 들고 제주도로 떠났다. 첫 제주살이는 신춘문예에서 낙방한 2016년 봄이었다. 한 달 하고도 보름 정도를 제주도에서 머물렀다. 여러 사람과 부대끼며 살 만한 성격이 못 돼서 게스트하우스나 셰어하우스 대신 작은 원룸에 들어갔다. 메르헨하우스라는 이름의 오피스텔이었다. 메르헨이라는 이름과는 딴판으로, 500개 정도의 방이 닭장처럼 다닥다닥 붙어 있는 15층짜리 건물이었는데, 방음도 전혀 되질 않아서 일주일에 한두 번씩은 꼭 옆방 외국인 여자가 치는 기타 소리를 들어야 했다. 그는 아주 열정적인 뮤지션인 동시에 심한 음치였기 때문에 한동안은 귀마개를 끼고 잠들어야 했다.

서울보다 삼다수가 절반가량 저렴해서 2리터짜리 생수를 욕심껏 사고는 돌아오는 길 내내 욕을 했다. 땀에 흠뻑 젖은 채로 집에 도착한 뒤에야 무료 배달 서비스가 있다는 사실을 깨달은 순간에는 너무 허탈해서 웃음이 다 났다. 미리 알아보지 않고 꼭 한 번씩은 쓴맛을 봐야 방법을 찾는 게 참 나답다고 생각했기 때문이다. 어딜 가든 바뀌는 건 환경이지 사람이 아닌데.

메르헨하우스가 위치한 곳은 제주시 노형동, 서울과 다름없이 번화한 도심 한복판이었다. 그 안에서 맥주와 막걸리를 섞어 마시면서 노트북을 들여다보는 나에 대한 기억이 마냥 처량하거나 나쁘지만은 않다. 밤이 늦도록 꺼지지 않는 거리의 불빛, 어느 여행자들의 캐리어 바퀴가 보도블록 위를 굴러가는 소리, 길바닥에서 노상이라도 까는지 거나하게 취해 있는 사람들. 저 많은 사람들은 다 어디에서 무엇을 타고 제주에 도착했을까, 그렇게 고민하던 순간이 숨통을 트이게 했다. 가족들에게는 작업에 전념하기 위해 떠나는 거라고 이야기했지만, 사실 서울에서만큼 많이 쓰지도 않았다.

아무런 성과도 변화도 없이 시간을 보내는 동안 참 많은 바다를 보았다. 시내를 벗어날 때마다 버스를 타야 했다. 갈아타야 하는 버스 시간표를 제대로 보고 가지 않으면 한 시간이고 두 시간이고 다음 차를 기다려야 했다. 길가를 달리는 자동차들 사이에 내가 탈 수 있는 게 한 대도 없다는 게 가끔 우스웠다. 아무 생각 없이 보도블록에 걸터앉아 시간을 보내다 갑자기 비가 내리면 나무 아래에서 비를 피했다. 온갖 해변을 걸었고 온갖 노래를 들었다. 햇빛에 부서지며 반짝이는 모래사장이나 눈이 부시게 아름다운 바다보다 나 한 명뿐인 정류장에서 하릴없이 비를 맞던 시간들이 잊히질 않는다.

세상을 살다 보면 뭔가 아는 체하기 좋아하는 사람들을 만나게 된다. 어떤 대화 주제가 나오더라도 '아, 나 아는 사람이 거기서 일했었는데' 하면서 영양가 없는 말을 얹는 사람들. 사실 나는 우물 안 개구리라서 내 분야가 아닌 일에는 자신도, 관심도 없었고 다방면에서 활동하는 멀티플레이어들을 부러워하기도 했다. 예를 들면 프로그래밍이 가능한 디자이너라든가 이공계 출신이면서 등단한 시인이라든가 직접 영상 편집까지 할 수 있는 콘텐츠 기획자 같은 거. 글 쓰는 거밖에 할 줄 몰라서 문예창작학과에 입학해 대학원까지 온 걸 후회하지는 않지만 그래도 가끔은 내가 만약 다른 일을 했더라면 지금쯤 어떤 사람이 되어 있을까 하는 상상을 한다. 음, 하지만 역시 글 쓰지 않는 나라는 사람은 상상이 가질 않는다.

꿈을 꾸기 위해서는 돈이 필요했다. 꿈이 돈이 된다면 가장 좋겠지만, 세상은 그만큼 녹록하지 않으니까 어쩔 수 없는 것이다.

# 연탄재 함부로 차지 마라

　사람에게 '데여봤다'는 표현에 대해 생각해본다. 사람이 느낄 수 있는 최고의 고통은 화상이라고들 한다. 그만큼 사람과 사람의 관계에서 마음을 다치는 게 아프다는 의미일까? 상처는 어떤 매개체로 인해 생긴 것이냐에 따라서 통각의 범위나 종류가 달라진다. 종이를 넘기다 베인 실금 같은 상처가 가장 소름 끼칠 때도 있고, 떨어진 단추를 꿰매다가 바늘에 손을 찔리면 겉으로는 보이지 않을지언정 두고두고 얼얼할 때도 있다. 새로 신은 신발 때문에 까진 발을 종일 모르고 지내다가, 집에 도착해서 상처를 눈으로 확인하고 나면 통증이 밀려오기도 한다. 물집이 자주 잡히고 터지기를 반복하는 곳에는 굳은살이 박이고, 그 위에는 영영 같은 상처가 나지 않기도 한다.

　누군가에게는 정말 아픈 기억이 다른 누군가에게는 별것 아니게 느껴질 수 있는 것처럼, 상처는 늘 개인적이고 주관적으로 남는다. 사람마다 살이 아무는 속도가 다르고 아프다고 느끼는 부분이 다르듯이.

　나는 쓸데없는 자존심이 강해서, 어렸을 때부터 아픈 걸 말하지 않으려 들었다. 잘 참는 성격이기도 해서 열이 38도가 넘어가는데 혼자 타이레놀만 먹으면서 이겨낸 적도 있고, 내성발톱이 심해져서 엄지발가락이 팅팅 붓고 고름이 찼을 때에도 혼자 집에서 손톱깎이로 발톱을 잘라내고 상처를 째 수습하기도 했다. 술 먹다가 계단에서 넘어지는 바람에 발목 인대가 끊어졌는데도 병원에 가지 않겠다고 고집을 부렸다. 이런 날 보고 십년지기 친구인 유카는 미련하기 짝이 없는 답답이라고 화를 내기도 했다. 타고 나길 강골 체질이라 다행이지, 잔병치레가 많고 허약한 타입이었으면 진작 초상이 났을 거라는 소리도 들었다.

　제일 기억에 남는 일화 중 하나는 고등학교 3학년,

한창 입시를 위해 실기 준비를 하던 때의 이야기이다. 언제부터인가 눈 밑이 자꾸 간지럽고 후끈거려서 거울을 보니 여드름 비슷한 뾰루지들이 오돌토돌하게 솟아 있었다. 원래도 스트레스 받으면 좁쌀 여드름이 자주 올라오는 지성피부인지라 별생각 없이 면봉과 압출기로 꾹꾹 눌러 짰다. 이상하게 피지나 여드름 씨앗은 나오지 않았고, 한참 더 간지럽고 욱신거리더니 며칠 지나 그 자리에 엄지손톱 두 개만 한 딱지가 졌다.

태어났을 때부터 아토피를 달고 살았고, 심할 땐 진물이랑 피고름 때문에 일상생활이 불가능할 정도였던 적이 있었다. 그래서 엄마와 나는 아토피가 다시 도진 줄 알고 그제야 피부과에 갔다. 그런데 피부과에서 내 상처를 유심히 보더니 이렇게 말하는 것이다.

"이건 대상포진 같은데요. 내과로 가셔야 할 것 같습니다."

대상포진이라는 병이 지금은 유명한 연예인들도 걸리고, 매스컴을 많이 타서 누구나 아는 질환이라지만 그때는 아니었던 것 같다. 나는 대상포진이 뭔가 싶어 시키는 대로 내과에 가서 진료를 받았는데, 의사 선생님은 수포가 이미 다 올라와서 터진 상태라 피딱지가

진 거기 때문에 상태가 더 이상 나빠지지는 않을 것 같다고 말했다. 그러면서 대상포진이 되게 아픈 병인데, 많이 아팠을 텐데 왜 이제야 병원에 왔냐고 물었다. 아니 그냥 간지럽고 좀 쑤시긴 했는데요, 그 정도는 아니었던 것 같은데? 우물쭈물하다가 엄마에게 등짝을 맞았다.

그때 듣기로는 대상포진이 얼마나 넓게 퍼지느냐에 따라서 통증의 정도가 달라지고, 보통은 등이나 배쪽에 넓게 퍼진다고 했다. 나는 그나마 넓게 퍼지지 않았던 것 같다. 수포가 터지기 전에 치료를 해야 가라앉는데, 나는 이미 수포가 다 터져서 딱지로 앉은 상태라 흉터가 이대로 남을 거라는 이야기도 들었다. 얼굴에 대상포진이 나서 작은 부위로 끝난 건 다행인데, 하필 얼굴이라 흉터가 대놓고 남게 된 것이다. 벌써 9년 전 일이라 지금은 많이 옅어지긴 했지만 어쨌거나 그 흉터는 아직도 오른쪽 눈 밑에 선명하게 남아 있다. 내 미련한 자존심의 증거인 셈이다.

웃긴 건 이게 단순히 몸에만 국한된 문제가 아니라는 점이다. 누구에게든 유난스럽게 챙김 받는 게 싫었고, 누군가와 싸우고 나서도 우는 소리를 하면 지는 것 같아 꿋꿋하게 아무렇지 않은 척했다. 나는 그게 '어른스러운' 태도라고 생각했다. 연애를 할 때도, 친구를 사귈 때도 마찬가지였다. 아프면 아픈 티를 내고 그걸 이겨낼 방도를 찾아야 하는데 그저 속으로 삭이고 겉으로 아무렇지 않은 척하면 내가 이기는 거라고 믿었다. 너는 나한테 아무런 상처도 못 줘. 넌 나한테 그 정도로 의미 있는 사람이 아니야. 나는 너무 멀쩡한데? 이걸 온몸으로 티 내지 못해 안달이었다.

아픔을 잘 참는 사람은 절대 무던한 사람이 아니다. 무뎌진다는 건 여러 번 같은 상처를 입어야 박이는 굳은살 같아서, 그 감각을 점차 느끼지 못하게 되는 것과 다름없다. 애초에 상처에 굳은살이 생기려면 곪은 것을 째고, 딱지가 앉고, 살이 아물어야 하는데 나는 그걸 억지로 참고 있는 사람이었을 뿐이다. 겉으로 드러내지 않고 속으로 삼킬수록 곪았고 그 부위에서 열이 났다. 겉은 말랑한 살갗 그대로라 똑같은 상처를 받으면 똑같이 아프기만 했다. 혼자 남아 곪은 부분을 꾹 누르면 너무 아파서 눈물이 났다.

어떤 일에 얼마나 상처를 '잘' 받는지, 그걸 얼마나

빨리 이겨낼 수 있는지는 정말로 개개인의 체질에 따른 문제다. 어떤 일에도 침착하고 차분하게 대할 수 있는 이를 어른스러운 사람이라고 여겨 왔는데, 그런 사람이 되려면 우선 내가 아프다는 걸 인지하고 인정하는 과정이 필요했던 거다. 그걸 몰라서 바보처럼 많은 세월을 허비했다. 모르는 척하느라 아쉽게 놓친 인연이 많다. 내가 조금만 자존심을 굽혔더라면 지금까지 좋은 사이로 남아 있었을 텐데. 가끔 야속한 알고리즘이 내게 그 사람들의 근황을 추천해줄 때면 괜히 눈 밑에 남은 흉터를 만지작거리게 된다. 대상포진은 수포가 났던 자리의 신경을 다 죽이는 병이라, 아직까지도 그 부위를 만지면 남의 살을 만지는 것처럼 아무 감각이 없다.

신경이 전부 죽지 않는 이상 아무런 통증도 없을 수는 없으니까, 같은 실수를 반복하지는 말자. 힘들면 힘들다고 아프면 아프다고 말하자. 곪은 상처를 터뜨리는 건 온전히 그 상처를 가지고 있는 내 몫이다. 그리고 그 뒤의 일은 나와 네가, 우리가 함께 감당해야지. 용기를 내어 어떤 사랑 때문에 슬프고 화가 난다고 털어놓았을 때 그 위에 함께 입김을 불며 위로를 건네줄 이들이 내 곁에는 머물러 있을 것이다.

안녕, 나의 20대.

나는 가끔 네가 있어서 세간이 말하던 '청춘'이란 게 무엇인지 이해할 수 있었다. 너와 함께했던 추억이 등장하는 꿈을 나는 요즘도 꾸고 있다. 너는 모든 관계에는 끝이 있을 수밖에 없다고 말했지. 그걸 받아들이는 게 더 나은 삶을 만들 수 있는 시작인 거라고. 모든 관계에는 끝이 있으니까, 결국 우리에게도 끝이 있을 거라는 걸 알아차린 순간에는 차라리 모든 걸 다 그만두고 싶었다. 누군가가 나를 미워하는 게 두렵고 겁이 났다. 날 싫어하지 말아 달라고 구걸이라도 해볼 걸 그랬지. 그랬다면 이렇게 구질구질한 후회는 하지 않아도 됐을 텐데. 그렇지 않니?

지금 여기는 여름의 끝자락이야. 며칠 내내 비가 내렸어. 나는 아직도 선풍기를 틀고 자는데, 엄마는 어젯밤에 전기장판을 꺼냈어. 불행이란 건, 관계의 끝이라는 건 가을장마 같더라. 늘 예고도 없이 예상치 못한 곳에서부터 찾아와 끝까지 나를 괴롭힌다고 생각했어. 나는 허구한 날 우산을 버스나 지하철에 두고 내리는 바람에 쫄딱 젖은 채로 귀가했었잖아. 지금도 별반 다를 건 없어. 매일같이 편의점에서 4천 원짜리 비닐우산을 샀다가 잃어버려. 환경오염의 주범이야.

그래도 나… 이제는 자가용을 타고 다녀.

우산 같은 건 좀 없어도 괜찮더라.

그럼 이만.

잘 지내.

# 반가운 전화

올 초에 반가운 연락을 받았다. 고등학교 동창 희였다. 스물한 살 때까지는 종종 만났었는데 별안간 연락이 끊기게 된 지 벌써 6년이 흘렀다. 체구가 작고 얼굴이 하얗던 그 친구를 떠올리면 늘 애틋한 기분이 들었다. 연락이 끊어진 이유도, 친구의 근황도 알 길이 없었지만 서운함보다는 그리움이 더 컸기 때문이었을 것이다. 그 친구와 함께했던 시간은 유쾌한 기억뿐이다. 그 시절 희와 나는 둘 다 성격이 불같아서 별것 아닌 일에도 화르륵 타오르던 다혈질이었다. 그래서 부딪친 적도 많고 사소한 일로 자주 다투기도 했다. 그럼에도 불구하고 왜 그때의 우리는 앙금도 뒤끝도 없이 금방 얼굴을 마주 보고 웃곤 했을까? 나이가 들면서 그런 사이가 아주 드물고, 그렇기에 더욱 소중하다는 걸 깨닫게 될 때면 그 친구가 가끔 떠올랐다. 그랬기에 갑작스럽게 찾아온 희의 연락이 깜짝선물처럼 느껴졌다.

우리는 야자가 끝나고 나면 함께 동네 근린공원을 돌았다. 운동을 빙자한 수다 떨기를 몇 시간이나 하고 집에 돌아오면 그날은 유독 잠을 잘 잤다. 나는 중학생 때부터 만성 불면증을 앓고 있었는데, 새벽이나 되어야 잠깐 눈을 붙였다가 피곤한 몸으로 등교하면 수업 시간 내내 양호실 침대에 누워서 잠을 잤다. 담임 선생님보다 양호 선생님과 더 가까운 사이였던 학생은 아마 전교에 나 한 명이었을 것이다. 고등학교를 졸업하고 난 뒤 스승의 날에 유일하게 꽃을 들고 찾아갔던 곳도 양호실이었다. 낮에 실컷 쪽잠을 자니 정작 잠들어야 할 시간에는 눈이 더 말똥했고, 그러다 또 꼴딱 밤을 새우고 퀭한 얼굴로 등교를 하는 악순환이 반복됐다.

희와 밤에 조깅을 하기 시작한 건 그 이유에서였다. 밤에 운동을 하면서 힘이라도 빼면 지긋지긋한 불면이 조금 나아지지 않을까 싶어서. 우리는 그때 일주일에 나흘 이상은 꼭 공원을 돌았다. 매일 보는 얼굴인데 왜 그렇게 할 말이 많았는지, 한참을 걸으면서 떠들다 보면 한밤중이었다. 우리는 그때 서로의 아주 사적인 부분까지도 아무렇지 않게 나누었다. 서로의 가족에 대한 이야기, 미래에 대한 불안, 친구들 사이에 있었던 불화, 무겁고 칙칙한 주제들을 거리낌 없이 털어놓고는 땀에 흠뻑 젖어 한결 가뿐해진 마음으로 헤어지기를 반복했다. 희와 나는 평소에 함께 어울려 다니는 '같은 무리'의 친구는 아니었지만, 아마 그런 적당한 거리감이 우리를 더 친밀하게 만들어주었던 것 같다.

언제부터인가 사람들에게 내 얘기를 하는 것이 굉장히 부끄러운 일처럼 느껴지기 시작했다. 내가 어떤 일을 겪고 있는지, 그 일 때문에 어떤 변화가 일어났는지, 요즘 기분이 어떤지, 얼마나 힘이 들었는지와 같은 것들. 그래서 다른 사람이 내게 이와 같은 이야기를 꺼낼 때면 오히려 고마운 감정이 먼저 들었다. 나의 이야기를 솔직하게 꺼내놓는 일이 얼마나 어렵고 민망한지를 알고 있기 때문이다.

누군가에게 나의 내밀하고 약한 곳을 훤히 드러내 보인다는 건 무서운 일이다. 아무리 친하고 가까운 사람이라 하더라도 그 관계가 언제까지나 영원하리라 장담할 수 없기 때문이다. 어제의 적이 오늘의 동료가 될 수 있고, 어제의 동료가 오늘의 적이 될 수도 있다. 아니, 사실은 그렇지 않을지도 모른다. 일어나지 않은 일로 늘 불안해하고, 사람을 온전히 믿고 기대지 못하는 것은 그저 내 못된 버릇일 뿐이다. 세상에는 내 상상보다 선한 사람들이 아주 많을 것이다. 모든 건 내 문제였다.

새로운 사람을 만나고, 그들과 교류하고, 어떤 방식으로든 관계를 이어나가는 일이 내게는 늘 고역이었다. 고등학교 시절에는 그저 학교나 학원이라는 제한된 공간 안에서 만나는 또래 친구들과 만든 세상이 전부였는데, 나이가 들면 들수록 그 세계가 한도 끝도 없이 불어났다. 그 수많은 세계 속에서 '나'라는 존재를 또렷하게 붙들고 있기가 어려웠다. 여기에선 이런 성격으로, 저기에선 이런 성격으로, 주변 환경에 맞춰서 행동하면 할수록 스스로를 잃어버리는 것 같았다.

그럴 때면 희가 생각났다. 같은 무리에서 같은 친구들을 공유하는 것도 아니고, 서로 하고 있는 공부도 다르고, 비슷한 관심사라고 할 것도 없지만, 자연스럽게 만나 서로의 감정을 아무렇게나 털어놓아도 부담 갖지 않는 관계. 따져야 할 이해득실을 계산하지 않아도 되고, 무작정 받기만 해도 좋고, 반대로 내가 무한정 퍼주더라도 괜찮은 관계. 20대를 지나오면서도 그런 관계는 희 외에 만들어본 적 없고, 아마 세월이 더 많이 흐르더라도 만들지 못할 것이다.


희에게 연락이 온 그날, 나는 엄마와 아빠에게 매일 야자가 끝나고 나면 함께 공원을 돌던 친구를 기억하냐고 물었다. 의외로 엄마보다 아빠가 희에 대해 선명하게 기억하고 있었다. 나는 아빠에게 우리가 얼마 만에 연락이 닿았는지, 언제 어디서 만나기로 했는지, 만나서 어떤 이야기를 해야 할지 미주알고주알 떠들어댔다. 옆에서 귤을 까먹던 엄마가 고개를 갸웃한 것도 그때였다.

"청첩장 준다고 만나자는 거 아니야?"

엄마의 그 말을 듣자마자 머리가 뎅 했다. 진짜 그럴지도 모르겠다는 생각이 들었기 때문이다. 네이트판이나 트위터에서 "10년 만에 연락해서 청첩장 주는 친구… 축의금 얼마나 내야 하나요?" 같은 글을 몇 번 봤는데, 글쓴이의 입장이 좀처럼 납득 가지 않았던 적이 있다. 청첩장을 줬으면 가면 되는 거 아닌가? 너무 오랜만에 다짜고짜 청첩장을 주니까 어색해서 그런 건가? 축의금은 얼마나 내야 하지? 별생각 없이 넘겼던 글들을 제대로 이해하게 된 것도 얼마 되지 않은 일이다. 사실은 아직도 완전히 100퍼센트 알 것 같지는 않지만, 그 행동이 누군가에게는 무례하게 느껴질 수도 있다는 건 알고 있다.

실제로 친한 사이는 아니지만 건너 건너 이름이나 얼굴만 알던 동창이 언제 결혼을 했다더라, 임신을 했다더라, 이혼을 했다더라 하는 소식들을 흘려듣기도 했다. '희가 결혼을 할지도 모른다'는 가설이 엄마와 아빠의 입을 빌려 점차 신빙성을 얻어갔다. 우리가 벌써 그럴 나이가 됐구나, 스물여덟 살이면 오히려 조금 늦은 건가, 요즘 시대가 어느 땐데 서른 전에 결혼하지, 이런 생각들로 머리가 뒤죽박죽이었다. 내 기억 속의 희는 학교 체육복을 입고 함께 담을 넘어 급식 대신 떡볶이나 먹으러 가던 그 시절의 모습 그대로였기 때문에 더욱 충격이었다.

희를 만나기로 한 날까지, 만약 희가 나에게 결혼 통첩(?)을 날리면 어떻게 반응해야 할지 내도록 고민을 했다. 조금 오버하는 감이 있기는 했지만 아직 친한 친구에게서 청첩장을 받아본 적은 한 번도 없었기 때문에 어쩔 수 없었다. 마지막으로 연락을 주고받았을 때 애인이 있었던 걸로 기억하는데, 그 사람과 결혼하는 건가? 별의별 생각을 다 했다.

본론부터 말하자면, 나의 이런 상상은 희에게 아주 큰 결례였다. 차마 너에게 연락을 받은 뒤로 결혼식 하객룩까지 생각해놨다고, 농담으로도 입 밖에 꺼내지 못했을 정도로.

6년, 어쩌면 7년 만에 만난 희는 놀랍게도 그때 그 모습 그대로였다. 하얀 얼굴도, 그와 대비되도록 새까맣고 긴 생머리도, 다른 손가락에 비해 유난히 짧아서 '새우깡'이라는 별명을 붙여주었던 새끼손가락도 똑같았다. 우리는 만나자마자 어렸을 때처럼 상스럽고 가벼운 욕설을 붙여 인사했고, 서로를 끌어안았다. 나는 "넌 진짜 키 하나도 안 컸다. 여전히 째끄맣네." 했고, 희는 기가 찬 듯이 웃으면서 "넌 진짜 똑같은 소리 하네. 나한테 작다고 하는 거 너밖에 없다니까? 나 작은 키 아니야!" 했다. "내가 그랬냐?" 하고 되물으니 희는 "그래.

나 키 165란 말이야. 평균 이상이라고." 하며 소리쳤다. 주변에 희보다 작은 친구들이 없는 것도 아닌데, 왜 내 기억 속의 희는 늘 작고 하얗지만 성깔 있는 말티즈나 치와와처럼 남아 있었던 걸까? 이건 아직까지도 풀리지 않는 미스터리이다.

우리는 자주 가던 동네 횟집으로 들어갔다. 몇 년 만에 만나놓고 동네 횟집에서 광어, 우럭과 소주를 시키는 우리가 여전히 너무 스무 살 같아서 웃겼다. 예전에 공원을 돌며 시답잖은 이야기로 몇 시간을 보냈던 우리답게 서로의 근황을 아무렇게나 주고받았다. 동네에서 유명한 식당답게 횟집은 사람들로 북적였고, 시킨 음식이 늦어지는 동안 우리는 기본 안주에 소주를 마셨다. 나는 희를 만나면 가장 먼저, 왜 갑자기 그렇게 사라졌는지, 나를 포함한 다른 친구들과 연락을 전부 끊은 이유가 뭔지 묻고 싶다고 생각했다. 그 의문을 해소하고 나야만 우리가 예전 사이로 되돌아갈 수 있을 것 같았기 때문이다. 하지만 놀랍게도 막상 희를 만나고 나니 그 질문을 해야겠다는 생각은 아예 떠오르지도 않았다. 너무 반가워서, 그 애가 그동안 어떻게 살았고, 요즘은 어떻게 지내고 있는지, 우리가 만나지 못한 시간 동안 어떤 일이 있었는지를 떠드는 게 먼저였다.

회와 쓰키다시가 상에 깔릴 때쯤 우리는 이미 알딸 딸해져 있었다. 빈속으로 급하게 소주를 마신 데다가 너무 흥분해서 피가 빨리 돌았기 때문이었던 것 같다. 그런데 내가 기억하던 것과 나온 음식의 퀄리티가 달랐다. 회의 신선도도 별로였고, 쓰키다시의 종류가 현저히 적었다. 나는 콘치즈를 젓가락으로 뒤적이며 희에게 말했다.

"여기 왜 이렇게 변했어? 초심을 잃었네? 되게 별로다."

희는 웃으면서 대답했다.

"너 몰랐어? 여기 사장님 바뀐 지 한참 됐어. 3년 됐나? 그때부터 별로더라."

간판도, 내부 구조도 그대로인데 가게 사장님이 바뀌었다는 건 그날 처음 알았다. 고등학교 친구들이 점차 동네를 뜨고, 만나는 빈도가 줄면서 나 역시 그 근방으로 나올 일이 없었기 때문이다. 겉으로 봤을 땐 똑같았는데 동네는 아주 많은 게 바뀌어 있었다. 우리가 지쳐 나가떨어질 때까지 서비스를 주던 노래방도 사라졌고, 친구가 아르바이트를 하던 술집은 스무 살 언저리 어린애들의 성지가 되어 있었고, 내가 다니던 종합학원은 재수생 전문 학원으로 바뀐 지 오래인데 그 횟집이라고 멀쩡할 리가 없었다. 선도가 떨어지는 우럭을 한 점 초장에 찍어 먹던 희가 그제야 입을 열었다.

"사실, 그때 왜 연락이 끊겼던 거냐면…"

우리는 그날 횟집이 문을 닫을 때까지 술을 마셨다. 취해서 도로변에 주저앉은 희를 일으켜 택시를 태웠고, 다음을 기약하며 헤어졌다. 그 뒤로 희와 나는 종종 만나 술을 마셨다. 지나간 고등학생 시절을 추억하기도 했고, 서로 알고 있는 동창들의 근황에 대해 전했다.

희에게는 오래 사귄 남자 친구가 있었다. 처음에는 모든 게 좋았다. 평범한 연인들처럼 관계를 이어가다가 서로 간의 성격 차이로 다투며 사이가 멀어졌고, 그때 스물한 살이었던 희는 이별을 결심했다. 더 이상 서로에게 기대할 것도 없고, 이 관계가 더 나은 방향으로 흘러가지 않을 것 같다고 직감했다. 우리는 희의 전 남자 친구를 쓰레기 새끼라고 불렀으므로 이 글에서는 그를 '쓰레기'라고 쓰려 한다. 아마 이 글을 읽고 있는 사람들은 이 뒤에 어떤 이야기가 나올지 이것으로 대충 눈치를 챘을지도 모르겠다.

희가 쓰레기에게 처음으로 끝을 고했을 때, 쓰레기는 희를 붙잡으며 애원을 하다가, 회유를 하다가, 이 모든 것이 통하지 않자 본색을 드러내기 시작했다. 희보다 나이가 많았던 쓰레기는 거리낌 없이 폭력적으로 굴었다. 희가 담이 약하거나 만만한 성격이 결코 아니었음에도 불구하고 정신을 차려보니 이미 모든 행동을 쓰레기에게 통제당하고 있었다고 한다. 희가 자신의 친구들과 교류하며 자신에 대한 욕을 할까 봐 불안했던 쓰레기는 희의 전화번호부를 마음대로 지웠고, 희가 주고받는 연락 하나하나를 모두 감시했다. 희는 점차 지쳐갔다. 그 과정에서 나를 비롯한 희의 친구들과 연락이 전부 끊겼다.

희는 제발 헤어져 달라고, 부탁이라고, 나를 좀 놔달라고 하루에도 몇 번씩 애원하며 울었다. 자세한 상황을 전부 서술하기에는 조금 그렇지만, 어쨌든 그 관계의 끝은 아주 허무하게 찾아왔다. 그 쓰레기에게 다른 여자가 생긴 것이다.

"너무 고맙더라. 진짜 마음 같아선 그 여자애한테 가서 제발 그 새끼 만나지 말라고 뜯어말리고 싶은데,

그러면 영영 나한테서 안 떨어져 나갈 것 같아서 못했어. 그래서 그 여자애한테 좀 미안해. 근데 일단 내가 살고 봐야지 어떡해."

나는 그때 희의 심정이 어땠을지 감히 짐작조차 하지 못한다. 쓰레기와 바람이 난 여자에게 고마움을 느꼈다는 말에도, 그럼에도 불구하고 미안하다는 말에도 해줄 수 있는 말이라곤 위로뿐이었다.

"걔 진짜 소름 끼치고 지금도 꿈에 나와. 가끔 나올 때마다 하루 종일 기분 잡쳐."

우리가 마지막으로 만났을 때, 희는 스튜어디스가 되기 위해 공부를 하고 있었다. 희는 어떤 경위로 그 일을 그만두었을까? 다른 친구들이 대학교에 다니고, 일을 하는 동안 속마음을 털어놓을 친구도 없이 혼자 고립되었을 희의 마음을 헤아려본다.

희는 나에게 카톡을 할 때까지 아주 많이 고민했다고 한다. 그 쓰레기와 헤어진 건 꽤 오래전이지만, 가장 친했던 친구 중 한 명에게 오랜만이라고, 잘 지내고 있냐고 연락했을 때 돌아온 반응이 꽤 싸늘했던 것 같다. "네 마음대로 연락 끊고, 잠수할 땐 언제고 갑자기 이제야?" 그런 대답을 받고 나니 용기가 더 없어졌다고. 내가 그동안 자신을 원망하진 않았을지, 연락을 한다고 해서 달가워할지 확신이 생기지 않아서 오래 망설였다고 했다. 나는 희에게 그런 반응을 보였다던 친구도, 그 이후로 내게 연락을 망설인 희도 전부 이해가 갔기 때문에 그에 대해 말을 얹는 대신에 고맙다고 말했다. 항상 보고 싶었고, 이제라도 나한테 연락해줘서 고맙다고.

　이제 우리는 서로에게 연애에 대한 이야기를 잘 하지 않는다. 오랜만에 연락이 닿았던 동창들과 희가 다른 점 중 하나이다.

## 에세이는 내가 아니라 네가 계약했어야 했네

일종의 동족혐오일 수도 있겠지만, 나는 일부 예술가들의 비대한 자의식을 못 견디는 부류였다. 그들은 대개 스스로에게 매몰된 나머지 타인에게 상처주는 일을 주저하지 않았기 때문이다.

그렇기에 나는 예술이란 걸 시작하면서 이 자의식이라는 놈이 몸을 불려 나 자신을 잡아먹지 못하도록 경계해왔다. 자기연민에 삼켜지지 않을 것, 이 세계에 내가 미치는 영향을 과대평가하지 않을 것, 나에게 집중하느라 바깥 세계를 등한시하지 않을 것. '내가 생각하는 나'와 '남이 생각하는 나' 사이의 거리감을 좁히기 위해 노력하는 동안 어쩌면 나는 진짜 내 얘기를 쓰지 못하는 사람이 되어버린 것 같았다.

처음에 에세이 단행본을 계약했을 때에는 이 작업이 이토록 어려울 줄 몰랐다. 〈모티프〉를 만들면서 주어진 주제에 맞는 짧은 에세이를 쓸 땐 느껴보지 못한 고난들이 있었다. 남의 얘기도 아니고, 지어낸 얘기도 아니고, 오로지 내 얘기로만 책 한 권을 엮어야 한다는 건 생각보다 대단한 일이었다. 며칠 전에는 원고 진도가 전혀 나아가질 않아서, 지푸라기라도 붙잡는 심정으로 친구들에게 말했다. 제발 와서 소재 하나씩만 던져주고 가라고. 지금 내 인생이란 인생은 다 털어놓은 것 같은데 아직도 절반이라고, 돌아버리겠다고.

그런데 한 친구가 농담 삼아서 "그럼 내 일대기를 넣어보는 건?"이라고 대답했다. 그 친구는 지금 활발하게 작품 활동을 하고 있는 남자 소설가인데, 나를 끝나지 않는 애플의 굴레에 밀어 넣고 혼자서만 유유히 삼성으로 갈아탔기 때문에 본문에서는 '애국자'라고 표기하겠다.

오전 12:17  예를 들면 어떤?

애국자  일천구백구십사 년… 경남 진주에서 태어났다.

수재였다. 오전 12:17

많은 사람들에게 귀여움을 받았고

열 살까지의 얘기다 오전 12:18

열한 살이 되던 해… 태어나 처음으로 못생겼단 소릴

들었다… 집 앞 삼겹살집 사장에게서였다 오전 12:19

저걸 기억해? 이리

오전 12:19 대체 왜?

애국자 그 후로 열두 살까지…

돼지고기는 목살만 먹었다…

중학교에 입학한 후… 키가 이십 센티가 컸다…

엄마는 내 키를 보고… 커봤자라고 했다 오전 12:20

그리고 잘 기억이 나지 않고…

대학에 와서 문학을 공부하면서 오전 12:21

오전 12:21 니가 언제 이리

오전 12:22 공부를 해

애국자 매일 못생겼단 소릴 듣다가…

삼겹살이 생겼다

제목은 내 인생 삼겹살이 망쳤네 오전 12:22

오전 12:23 에세이는 니가 계약하지 그랬냐 이리

그렇게 이번 꼭지의 제목은 '에세이는 내가 아니라 네가 계약했어야 했네'가 되었다. 서점에 진열되어 있는 수많은 에세이집들을 보면서, 주변 사람들의 드라마보다 더 드라마 같은 인생 이야기를 주워들으면서 늘 생각해왔던 말이니까. 세상에는 내 삶이 굉장히 보잘것 없고 평범하게 느껴질 만큼 특별한 삶을 사는 사람들이 많다. 이건 비단 함께 글 공부를 하면서 만난 친구들에 국한된 이야기만은 아니다. 글이나 예술과는 아무런 접점도 연관도 없는 사람들은 다들 그런 역경과 고난 앞에서도 묵묵하게 잘 살아나가고야 마는 걸까? 그들에 비하면 뭣도 없는 나 같은 게 빈 수레가 유난이라고 호들갑 떨면서 기록하는 일이 갑자기 부끄러워질 때가 있다.

"세상에 너만 힘들게 사는 줄 아니? 다 힘들어. 먹고 살려고 그냥 참는 거야. 정신 차려라."

엄마나 아빠와 다툴 때 이런 소리를 들으면 괜히 더 열 받고 발끈하게 되는 것도 어쩌면 정곡을 찔려서 그런 게 아닐까? 아프니까 청춘이다, 같은 말에 코웃음 치면서도 정작 '그래서 네가 청춘이라 아파본 적은 있냐'고 묻는 사람들에게 큰소리칠 수 없는 입장 아닌가?

이렇게 한번 자기검열을 하면 밑도 끝도 없이 땅굴을 파기 시작한다. 그동안 내가 노력해왔던 것들의 무게를 재보고, 남들과 불행의 크기를 비교하게 되는 것이다. '누구에게도 욕먹지 않는 에세이'를 써야겠다. 지나치게 주관적으로 느껴지는 글은 아무에게나 욕먹기 쉬우니까. 사실 초반에 원고 집필을 시작하면서 한 챕터 가량을 그런 마음가짐으로 썼다. 그러고 나서 읽어보니까 웬걸, 재미가 없어도 너무 없다. 이도 저도 아니고, 지나치게 착하고 중립적인 글은 시나 소설을 쓸 때도 제일 노잼인 것들 중 하나였는데 습작을 원투데이 한 것도 아니고 이런 초보적인 실수를 저지르다니! 편집자님께 연락드렸다.

"죄송해요… 원고를 다시 엎고 싶은데 마감 기한을 좀 늦춰주실 수 있을까요? 저도 에세이는 처음이라…"

창작 수업을 듣다 보면 필연적으로 '합평' 시간을 갖게 된다. 미술이나 음악 쪽에서는 '크리틱' 시간이라고도 하던데, 쉽게 얘기하면 함께 수업을 듣는 사람들 앞에서 나의 창작물을 발표하고 그에 대한 의견을 청해 듣는 것이다. 이런 합평 수업을 학부에서 몇 년 동안 꾸준히 듣다보면 어쩔 수 없이 남에게 내가 쓴 글을 내보이는 일에 익숙해지게 된다. 나도 처음에는 모든 지적 하나하나를 마음에 담아두고 꾸준히 상처받았다. 하지만 시간이 지나고 작품 발표를 거듭하면서 남들의 의견을 적당히 걸러 듣는 법을 익히는데, 그 의견이 옳은 지적인지 말도 안 되는 트집인지를 솎아낼 수 있게 되는 것이다. 누군가는 정신 승리 아니냐고도 하겠지만, 뭐 어떤가. 원래 인생은 누가 누가 더 정신 승리를 잘하느냐의 싸움이다. '누군가에게는 당신도 개새끼였을 것이다'라는 말이 있듯 모든 사람들에게 좋은 사람이 될 수는 없다. 그렇게 시도해서도 안 된다. 불가능한 일이기 때문이다. 현실적으로 불가능한 일을 이루려고 매달리다 보면 점차 그 채찍이 스스로를 갉아먹고 만다. 아무리 노력해도 안 되는 게 있다는 걸 인정하고 받아들이는 법을 배워야 '어른스러운' 어른이 될 수 있다고 믿는다.

예를 들면, 내가 소설을 쓰면서 항상 들었던 이야기가 있다. 고등학생 때 나를 가르쳐준 선생님도, 학부 시절 어느 교수님도, 외부 강의에서 만난 소설가도 입을 모아 비슷한 소리를 했다. "사람을 죽이지 마라" 지금에야 그 '죽이지 마라'는 게 '조금 더 유의미한 끝에 대해 다루라'는 의미임을 알고 있지만, 연거푸 같은 지적을 받던 스물 초반의 나는 아니었다. 사람은 원래 누구나, 어디에서나, 아무런 징조도 조짐도 없이 죽기 마련이잖아요? 왜 소설 속의 죽음에는 항상 타당한 이유가 있어야 해요? 왜 내가 타인에게 이 사람의 죽음을 설득시켜야 해요? (그게 소설가가 응당 해야 할 역할이긴 함) 선생님도 당장 오늘이나 내일 죽어버릴지 어떻게 알아요? (꼬이고 꼬여 있던 시절의 일기장에는 실제로 이런 말이 적혀 있었다)

오랜 친구였던 시인 한 명에게 그런 푸념을 늘어놓았다. 그때 그 친구는 내가 따라주는 막걸리를 잔으로 받으면서 말했다.

"지금 네가 한 얘기를 메모장에 써놓고 시로 만들어 봐. 그런 게 시가 되는 거야."

그 말을 듣고서 나는 이토록 멋없고 치졸한 속마음이 진짜 시가 될 수 있느냐 되묻는 대신에 막걸리를 한 병 더 시키며 빈정댔다.

"웃기시네. 니나 잘해."

이미 취해 있었지만 이 대화는 머릿속에 이상할 만

큼 선명하게 남았고, 그 덕분에 다음날에도 시에 대한 단상을 이어갈 수 있었다. 소설 전공이었던 내가 콩트를 대충 간추려 제출한 시 과제를 보고 계속해서 시를 써보는 게 어떨지 물었던, 나의 유일한 시 선생님이 떠올랐다. 시라고 부르기도 죄송할 만큼 형편없는 단문이었는데, 선생님은 그 글에 '공격성의 미학'이란 게 있다고 했다. 그땐 그저 의욕도 없고 수업 태도도 별로인 학생1에게 인사치레로 해주는 응원인 줄 알았는데. 그제야 선생님의 이야기를 곱씹었다. 누군가의 죽음, 돌연 누군가가 죽더라도 이상할 것 없는 이 세계, 이토록 폭력적인 마음이 '미학'으로 읽힐 수 있다면 그것의 비정상적인 아름다움은 어디에서 기인하는가? 뭐 이런 철학적이고 원초적인 질문을 스스로에게 던지기도 했다.

그렇게 '사람을 죽이는 소설만 썼다'라는 문장으로 시작하는 시를 한 편 썼다. 굳이 설명해주지 않아도 되는 죽음을 하나둘씩 털어내며 묶어낸 다섯 편을 어느 공모전에 냈고, 그해 겨울 즈음 그게 본심에 올랐다는 소식을 시인 친구의 입을 통해 전해 들었다.

다른 창작자들은 어떨지 모르겠지만, 나에게 글을

쓰는 행위란 나조차도 이해가 되지 않는 영역의 격렬한 감정(이유 없는 빡침, 인간에 대한 환멸, 지구가 멸망하기를 소원하는 마음 같은)이 어디에서 태어났는지 천천히 되짚어가는 과정이다. 날것 그대로의 충동을 텍스트로 토해내고 난 뒤에 문장과 문장 사이에 징검다리를 놨다. 어떤 여자가 왜 죽었는지, 여자를 죽인 건 무엇인지, 나는 그 여자를 보며 왜 이토록 격렬한 분노를 느끼는지, 차라리 여자가 죽는 편이 낫다고 생각하는 이유가 무엇인지를 끊임없이 되물으면서. 그러고 나면 늘 남는 질문이 있었다. 그럼 이 여자가 죽은 뒤의 세계는 어떨까? 그 여자가 죽고 남은 사람들은 어떤 생각을 할까? 어떻게든 살아남아서 버텨가는 사람들의 이야기를 듣고 싶다. 그게 내가 창작자로서 해야 할 일이라고 깨닫는 순간이었다.

사람은 누구나 저마다 인생의 고통이 있고, 시련이 있고, 그 과정에서 입은 상처들을 품고 살아간다. 우리 피부에 난 상처도 원인이나 깊이, 생긴 시점, 처치 방법에 따라 아물고 난 흉터의 모양이 달라지기 마련이다. 조금 거창하게 말해보자면, 사람의 영혼에 새겨진 어떤 흉터들이 서로 모여 하나의 결을 만든다고 생각한다. 나무를 잘라보면 저마다 다른 나이테를 가지고 있는 것처럼, 이 결이 쌓이고 쌓여서 그 사람만의 나이테가 된다.

세상에는 많은 종류의 사람이 있다. 그들이 지닌 나이테, 그러니까 그동안 거쳐 왔던 삶의 굴곡과 역사는 그 사람 자체가 된다. 사람의 성격이란 건 MBTI처럼 또렷하고 적확한 성질을 띠는 것이 아니라고 생각한다. 대학원에 오기 전까지는 F와 T가 번갈아 나왔던 내가 대학원에 입학하고부터는 열 번 중의 열 번 다 T로 나오는 것도 비슷한 맥락이겠지. 사람이 갑자기 너무 바뀌면 죽을 때가 된 거라는 말을 조금 달리 해석해보면, 죽을 정도의 고비에 닥치면 자연스럽게 성격이 바뀔 수밖에 없다는 말과 같다.

세상에 올바른 나이테, 그릇된 나이테라는 개념이 존재하지 않는 것처럼 어떤 인간이 모두에게 악인일 수 없고 반대로 누구에게나 선인일 수 없다. 결국 마지막에 웃으며 눈 감는 사람은 삶의 끝에서 행복한 기억을 더 많이 떠올릴 수 있는 사람일 것이다. 나는 그렇게 생각한다.

## 스물 넘어서 만난 친구는 다 가짜 친구야

아빠는 중학교, 고등학교 시절에 만난 친구가 진짜 친구라고 했다. 스무 살 넘어서 만난 친구들, 사회에서 만난 친구들과는 모든 걸 터놓고 이야기할 수 없을 거라고. 이런 소리를 하는 건 비단 우리 아빠만이 아니었다. 스물 넘어서 만난 친구보다 10대 때 만난 친구가 더 소중하다는 이야기는 인터넷 도처에 널려 있었다. 페이스북이 유행하던 시절 이와 비슷한 공감 글에 따봉이 몇천 개씩 박혀 있던 것을 생각해보면 아주 일부만의 생각은 아니었을 것이다.

나는 초등학교, 중학교, 고등학교를 모두 다른 동네에서 다녔다. 맹모삼천지교라고, 주변 환경이 바뀌면 내 성적이나 됨됨이가 더 나아질 거라고 믿던 엄마 덕분이었다. 그래서인지 내게는 오랫동안 연락을 이어온 '소꿉친구'랄 게 없고, 중학교 때 친구들과는 아예 연이 끊긴 지 한참이다. 희를 비롯한 몇몇 고등학교 친구들을 떠올리면 '10대 시절 친구가 진짜 친구'라고 말하는 사람들의 논조가 아예 이해되지 않는 것도 아니다. 상대방의 배경, 직업, 외모를 비롯한 그 어떤 조건들도 그 시절 우리의 우정에 장애물이 될 수 없었다는 뜻이다. 반쯤은 맞는 말이고, 반쯤은 틀린 말이다. 한번쯤 왕따, 아니면 은따 비슷한 거라도 당해본 적 있는 사람들이라면 알고 있을 것이다. 그 무렵의 청소년들이 얼마나 '남과 다른 것'에 예민한지, 무리에서 떨어져 혼자 되는 것을 얼마나 두려워하는지, 본인이 그렇게 되지 않기 위해 어떤 행동까지 할 수 있는지.

그 어떤 이해관계도 얽혀 있지 않은 우정이라는 건, 겉으로 보기에는 이상적이고 완벽할지 모르지만 나는 가끔 그 맹목적인 10대의 우정이 무섭게 느껴질 때가 있다. 아무런 조건 없이 가까워질 수 있다는 말은 반대로 아무런 조건 없이 멀어질 수도 있다는 말로 들리기도 해서.

슬픔은 나누면 반이 되고, 기쁨은 나누면 두 배가 된다고 그랬던가. 조금 정 떨어지는 소리일 수도 있겠지만, 요즘은 이 말이 딱 반대처럼 느껴질 때가 종종 있다. 슬픔을 남에게 나누려 털어놓으면 같은 슬픔을 가진 사람이 두 명이 되는데, 상대방을 아끼고 위하는 마음이 클수록 더 그렇게 느껴질 텐데, 그러면 오히려 슬픔의 총량은 두 배가 되는 게 아닌가? 또 남의 기쁨을 정말로 나의 기쁨처럼 여기고 축복해줄 수 있는 사람이 내 곁에는 몇이나 있을까?

가끔 주변 사람들이 문예창작학과에 진학한 것을 후회하지 않느냐고 물어온다. 돈도 되지 않고, 배움에 정답도 없는 예술만큼 부질없는 게 또 있느냐고. 실제로 주변에는 문학에 회의를 느끼고 생업을 찾아 떠난 친구들이 적지 않다. 문학 같은 건 더 이상 거들떠보기도 싫다고 아예 다른 분야로 대학원에 진학한 이들도 있다. 나 역시 그런 생각을 안 해본 건 아니다. 우리는 종종 습관처럼 기술이나 배울걸, 코딩이나 배울걸, 예술이 밥 먹여 주냐 같은 농담을 주고받는다. 하지만 내가 이 일을 선택함으로써 얻은 귀중한 재산이 있다면 단언컨대 스물 넘어 만난 나의 친구들이다. 한때 같은 꿈을 꾸고 함께 글을 쓰던 친구들. 속도 좁고 여유랄 것도 없었던 나의 세계를 확장시켜 준 친구들을 만날 수 있었다는 사실만으로도 가끔 큰 위안을 얻는다. 그리고 그 사람들에게도 내가 비슷하게 소중한 존재라는 것을 깨닫는 순간마다 아, 나 생각만큼 잘못 살지는 않았구나, 하고 안도의 한숨을 내쉬게 되는 것이다.

"어떤 시기에만 만날 수 있고 무작정 가까워질 수밖에 없는 귀한 사람들이 있는데, 이리가 그렇다."

작년 이맘때쯤 친해진 친구 케이의 일기장에서 발견한 문장이다. 케이는 나와 알게 된 지 얼마 되지 않아 아주 가까운 사람을 떠나보내야 했다. 가족 대신 상주로 발인까지 장례식장을 지킨 케이의 곁에서 나는 함께 밤을 새우고, 발인 날에는 살던 집의 정리를 도왔다. 나는 원체 말주변이 없고 낯도 많이 가리는 편이라 그때까지만 해도 어색한 사이였던 그에게 뭐라고 제대로 된 위로의 한마디 못 했던 것으로 기억한다. 그냥 내가 할 수 있는 일을 했고, 해야 할 것 같은 일을 했다. 우리는 얼굴을 보며 만난 날을 손에 꼽을 만큼 데면데면한 사이였으나, 친밀감의 정도와는 별개로 케이에게 그 정도는 해주고 싶었다.

장례식장에는 고인의 친구들이 아주 많이 방문했다. 나는 이해하지 못할 후회로 펑펑 우는 사람들이 있는가 하면, 접점이 없는 사람들이 같은 테이블에 모여 고인에 대한 이야기를 하며 웃기도 했다. 개중에는 고인과 아주 오랫동안 연락을 끊고 지낸 이들도 있었고, 당장 며칠 전까지만 해도 아무렇지 않게 일상적인 대화를 주고받던 사이도 있었다. 나는 고인과 별다른 친분이랄 것도 없는 사이였기에 그들 사이에 오가는 이야기를 전부 알아들을 수는 없었다. 그럴 필요도 없다고 생각했다. 나를 슬프게 한 건 일면식 없는 누군가의 죽음보다 그 이후를 홀로 버티며 살아가야 할 내 친구에 대한 연민이었으므로.

장례식이 치러지는 사흘 내내 자리를 지키고, 밤을 새우고, 눈물짓던 고인의 친구는 발인하는 날 영정 사진을 들고 맨 앞에 서서 걸었다. 그리고 그 자리에 '가장 친했다던' 친구들은 단 한 명도 없었다. 얼굴 한 번 본 적 없는 나, 고인의 회사 동료들, 연락이 끊긴 지 오래된 동창들이 있었다. 저마다 어떤 마음을 가지고 그곳까지 동행했는지 모를 일이다. 그저 도무지 이해가 되지 않았던 것은 왜 내가 있는 이 자리에 매일같이 만나 웃고 떠들던 고인의 친한 친구들이 없었냐는 물음이었다. 그리고 발인하던 날, 개중 한 명의 SNS에 이런 글이 올라왔다.

"이기적인 말일 수도 있겠지만 슬픔에만 잠겨 있고 싶지 않아."

"내 삶은 분노와 슬픔으로만 점철되어 흘러가지 않을 것이라는 걸 안다."

"머리를 비우고 싶어서 돈을 썼다. 쓸데없는 것에 과소비를 하니 기분이 조금 나아졌다."

케이는 이 글을 보고 매우 분개했다. 너희가 뭘 했는데, 너희가 어떻게 했길래 머리를 비우고 싶냐고. 분노와 슬픔으로 점철된 삶이 아름답지 않은 모습이라는 것도 알고, 누군가의 죽음을 떠나보내야 하는 순간도 분명 있겠지만, 그게 지금은 아니어야 하지 않냐고.

나는 말을 많이 골랐다. 그리고 상상했다. 만약 내가 어떤 불의의 사고로 이 세상을 떠나게 되었을 때 나의 장례식장에 참석해 있을 친구들의 얼굴 면면을 그리고 그 애들이 하고 있을 행동들을. 걔는 올까? 걔는 와서 울까? 걔는 어떤 표정을 하고 있을까?

친구, 친구라는 건 뭘까. 나는 친인척의 죽음을 지켜본 적은 더러 있지만, 친구의 죽음을 겪어본 적이 없어서 도저히 저 애들의 마음을 헤아릴 수가 없었다. 가장 힘들 때 곁에 남아준 사람이 진짜 친구인가? 아니면 가장 기쁠 때 함께 기뻐해준 사람인가? 내가 죽고 난 다음에도 나를 오래도록 그리워하거나 원망하거나 떠올리면서 나에 대한 기억을 붙들고 사는 사람인가? 그것도 아니라면, 나의 일생에 어떤 나이테를 남기고 떠난 모든 이름을 친구라고 불러도 되는 걸까?

부끄러운 말이지만, 내 비밀스러운 취미를 하나 고백해본다. 지금은 이래저래 시간이 나지 않아서 소홀하지만 한참 신인상이나 신춘문예, 공모전에 글을 열정적으로 투고하던 시절에는 1년에 두 번꼴로 미리 당선 소감을 써놓았다. 멋진 등단 소감을 보면 참고용으로 사진을 찍어두기도 했다. 그렇게 쓴 소감은 아이패드 메모장에 착실히 쌓여갔는데, 가끔 몰아서 읽다보면 내가 그해에 감사했던 사람이 누구였는지, 나와 가장 가까웠던 사람이 누구였는지, 어떤 마음으로 글을 썼는지가 보여서 새로운 기분이 된다.

이제는 어떤 제도에 의탁해야만 '작가'라는 직업을 가질 수 있는 건 아니라는 사실을 알고 있기에, 아마 이 취미는 오늘의 복기를 마지막으로 사라질 것이다. 여러 소감을 읽는 동안 이제는 영영 보지 못할 이름도, 한때 너무 사랑했던 이름도, 아직도 가장 가까운 곁에 남아 있는 이름도 발견했다. 이 책도 나의 이름을 달고 나온 첫 번째이니 이곳에 몇 년 전의 등단 소감을 다듬어 남겨보려 한다.

열아홉 살, 처음 소설을 썼을 때, 함께 공부했던 친구들의 글 속에 등장하는 다정하고 따뜻한 인물들을 부러워했던 적이 있습니다. 그리고 그런 인물을 그려낼 수 있는 친구들을 부러워했습니다. 그 친구들이 먼저 본인의 길을 찾아 걸어가는 걸 보며 무심결에 제가 인정받지 못하는 이유는 사랑할 줄 몰라서, 그런 글을 쓸 줄 몰라서가 아닐까 생각하며 괴로워했습니다. 하지만 이제는 아무것도 제 탓이 아님을 알고 있습니다. 시를 쓰면서 제 탓 대신 남 탓을 하는 법을 배웠습니다. 나를 이렇게 만든 건 내가 아니라 나를 둘러싼 세계였고, 이 세상에는 생각보다 나처럼 속에

칼을 품고 사는 사람들이 많다는 사실을 배웠습니다. 그리고 저의 죽는 얘기가 그들에게는 어쩌면 위로로 닿을 수 있다는 걸 압니다.

그런 마음으로 저는 죽는 시를 씁니다.

아무것도 살리지 못할 거라고 절망할 때 저에게 힘이 되어준 이들에게 감사합니다. 처음으로 제게 글을 쓰는 사람이 되는 건 어떻겠냐고 하셨던 □□ 고등학교의 ○○○ 문학 선생님, 계속해서 시를 쓰라고 말씀해주셨던 △△△ 교수님. 선생님들 덕분에 글을 쓰는 사람이 될 수 있었습니다.

그리고 사랑하는 친구들.

언제나 나의 용기가 되어주어서 고맙다. 너희는 나의 자랑이야.

## 상처 주지 않는 어른이 되고 싶었다

　어렸을 땐 나도 여느 또래처럼 예쁜 얼굴, 멋진 몸매, 가만히 있어도 주위의 시선을 사로잡는 분위기를 가진 사람들을 동경했다. 그런 것들은 대개 어떤 노력 없이 타고나야만 하는 것들이었다. 어찌 보면 당연한 말이다. 똑같은 공간에서 똑같은 옷을 입고, 똑같은 수업을 들으며 똑같은 목표를 향해 나아가는 사람들 속에서 군계일학 같은 친구들은 늘 한정적이었으니까.

　나이가 들면서 이 '타고난 것'에 대한 갈망이나 부러움이 완전히 사라졌는가 하면, 전혀 아니다. 좋은 시력, 가지런한 치아, 올바른 자세, 튼튼한 체력, 깨끗한 피부처럼 보다 구체적인 요소들로 옮겨갔을 뿐이었다.

한정된 자본 안에서 아무리 노력해도 얻을 수 없는 재산들에 생기는 욕심은 여전했다. 하지만 '그런 게 없어도 충분히 괜찮다'는 깨달음을 얻게 되었다. 그게 바로 10대의 나와 지금 나의 가장 큰 차이점인 셈이다.

내게 주어진 것들이 무엇인지 객관적으로 파악하고, 현실을 받아들이는 과정이 쓸쓸하지 않았다면 거짓말이다. 처음엔 내게 없는 것들을 시기하고 질투하느라 허비한 세월이 아까웠다. 러네이 엥겔른의 《거울 앞에서 너무 많은 시간을 보냈다》를 보면서 과거를 후회하기도 했다. 나와 같은 깨달음을 얻은 사람들이 인터넷에는 많았는데, 특히 트위터를 하다보면 비슷한 맥락의 글을 종종 볼 수 있다. 얼마 전에는 "여성분들 너무 유행 따라가지 마세요. 그거 다 내 시간, 에너지, 돈, 체력 바쳐서 남의 주머니만 불려주는 거예요. 유행보다는 내가 지금 도전해보고 싶은 게 뭔지, 흥미 있는 게 뭔지를 찾아서 배우고 현재를 즐기세요." 같은 글을 본 적도 있다. 아마 여기에서 말하는 '유행'이라는 건 20대 초반까지의 내가 간절하게 추구했던 것들이었으리라. 날씬한 몸, 예쁜 외모는 물론이고 비싼 옷이나 신발, 그때 '핫'했던 모든 소비 양식을 에둘러 표현한 것들이겠지. 나는 그 트윗에 공감하면서도 묘하게 석연치 않은 구석 때문에 마음이 불편했는데, 한참을 고민하다가 어떤 친구의 글을 통해 그 지점이 무엇이었는지 알았다.

"다 해봐야 알 수 있다."

그런 것도 결국에는 '다 해본 적 있는 사람'만이 얻는 깨달음이라는 것이다.

내 주위에는 미니멀리즘을 추구하는 이들이 있다. 그들은 스스로를 대단한 환경운동가처럼 포장하거나 내세우지는 않지만, 어쨌거나 그들의 라이프스타일에는 존경받아 마땅한 부분들이 여럿 존재한다. 어차피 버리게 될 의류에 너무 많은 돈을 쓰지 않기, 생활 집기들은 있는 것이 다 닳기 전에 새로 사지 않기, 음식물 쓰레기나 일회용품 사용을 줄이기 위해 배달 음식은 지양하기. 머리로는 알고 있지만 실천하기에는 어려운 것들이 대부분이다. 나는 그런 지인들 중 한 명에게 '어쩌다 미니멀리스트가 되었냐' 물어본 적이 있었는데, 그때 돌아온 답변이 꽤 인상 깊었던 것으로 기억한다.

"원래 나는 극단적인 맥시멀리스트였는데, 몇 년 전에 집 계약 기간이 끝나서 이사를 가야 했거든요. 월세가 아까워서 전세 대출로 작은 전셋집을 얻었는데,

갑자기 집이 좁아지니까 가지고 있던 물건들을 엄청 많이 버려야 했어요. 그때 갑자기 신물이 나더라고요. 고작 투룸이었는데 거기서 나오는 물건이 아무리 정리해도 끝나지 않는 거예요. 그 쓰레기의 산 속에서 뭔가 다 지겨워진 거 같아요. 어차피 다 필요 없는 거였는데, 하면서."

돌이켜보면, 나의 경우라고 해서 그와 다른 건 아니었다. 나는 한때 나이키의 조던 운동화를 애지중지하며 사 모으곤 했는데, 꼭 갖고 싶은 매물이 나오면 친구에게 돈을 빌려서라도 사야만 직성이 풀릴 정도였다. 그러다가 별안간 별 이유도 계기도 없이 그 짓에 환멸이 났다. '되팔렘(한정판 신발을 정가에 사서 프리미엄을 붙여 되파는 리셀러)'들의 얌체 같은 장사 수완에 유독 화가 났고, 4인 가족이 사는 신발장에 꽉 찬 내 운동화 상자들이 징그럽게 느껴졌다. 신상품의 출시 정보를 얻기 위해 매일 들락거리던 네이버 카페도 꼴 보기 싫어졌다. 그 길로 신발을 전부 중고나라에 팔아버렸다. 그 이후로 비싼 옷, 비싼 신발, 비싼 가방, 뭐 그런 것들에 흥미가 생기지 않는 걸 보면 나 역시도 미니멀리즘을 추구하는 지인과 비슷한 노선을 탄 게 아닐까 싶다.

이미 전부 시도해봤기에 얻은 인생의 '진리(라고 여기는 것)'를 나보다 어린 이들에게 종용하는 일은 뭐랄까, 조금 꼰대 같다. 그 깨달음의 경로나 시기는 사람마다 제각기 다를 테지만, 내가 경험해서 알고 있다고 한들 그것들을 남에게 강요할 만한 자격이 생기는 건 아니리라. 주변인들의 조언으로, 충고로 누군가의 터닝 포인트가 예정보다 일찍 찾아올 수 있다면 물론 좋은 일이겠지만, 나는 이 사회가 점차 '20대'들에게 자꾸 각박해져만 간다는 인상을 지울 수가 없다. 생판 남인 어른들이 맡아야 할 역할은 나보다 사회 경험이 적은 이들에게 '이건 해라, 이건 하지 마라' 하고 지령을 내리는 것이 아니다. 20대는 내가 그랬듯, 우리가 그랬듯 삶의 궤적을 따라 자연스럽게 배우고, 난관에 부딪치며 단단해질 것이다. 그리고 그 과정이 그들에게 최대한 '안전할 수 있도록' 최소한의 바리케이드를 세워주는 것이 어른의 역할 아닐까?

　몇 해 전, 문학계를 뜨겁게 달구었던 이슈가 하나 있었다. 20대에서 30대의 성소수자가 중심인물로 등장하는 퀴어소설이 실재하는 인물의 사생활을 침해했다는 것이 골자였다. 피해자들은 작가가 동의나 양해 없이 사적으로 나눈 대화를 그대로 글 속에 인용하거나, 그들과 가까운 이들이라면 누구나 특정 인물을 유추할 수 있도록 묘사했다고 밝혔다. 그들은 숨기고 싶었던 사생활이 소설이라는 매개를 통해 강제로 노출되었다는 정신적 피해를 입었고, 누군가는 아웃팅의 위협 속에서 불안에 떨어야만 했다. 이 논란에 휩싸인 소설가 중 한 명을 개인적으로 좋아하던 독자였기에 나 역시 큰 충격을 받았다.

소설의 재현 윤리에 대한 논쟁이 치열하게 이루어졌다. 이와 같은 전례가 아예 없었던 것은 아니다. 1994년 발표된 재일 한국인 소설가 유미리의 〈돌 속에서 헤엄치는 물고기〉는 약 5년간의 법적 공방 끝에 명예훼손 소송에서 패소했다. 당시 일본 문학계에서는 실존 인물의 성격이나 행동을 소재로 하거나, 그와 관련된 작가 자신의 체험을 허구화하여 쓰는 모델소설이라는 장르가 유행하고 있었다. 유미리의 소설 역시 이 시기에 발표된 모델소설 중 하나였다. 유미리의 소설에 명예훼손 소송을 제기한 이는 작가와 친분이 두터웠던 재일 교포 3세였다. 그는 자신의 신상에 대한 묘사를 포함하여 사적인 대화까지 소설에 인용된 것을 보고 큰 충격을 받았다고 한다. 유미리가 패소한 결정적 이유는 "모델의 고통에 대해 적절히 배려하지 않았기 때문에 통상적인 모델소설의 틀을 벗어났다"는 것. 노벨문학상 수상 작가인 오에 겐자부로는 소설 속에 자신의 장애인 아들을 모델로 등장시키곤 했는데, 이 사건에 대해 "고통받은 인간의 이의제기가 존중되지 않으면 표현의 자유의 인간적 기반이 흔들릴지 모른다"라고 말했다.

약 20년의 시간이 흐른 뒤에도 오토픽션(자전소설)이라는 이름 아래 비슷한 사건이 반복되었다는 점은 꽤 의미심장한 일이다. 소설가란 결국 허구의 세계에 창작의 근원을 두고 있는 이들이다. '무엇을 쓸 것인가'보다 중요한 것은 '무엇을 위해 쓸 것인가'이다. 이것은 비단 작가에게만 적용되는 질문이 아니다. 우리는 가끔 '무엇이 되어 살아야 하는가'와 같은 고민에 빠지게 된다. 아마 이 글을 읽고 있는 독자 역시 그래 본 적 있을 것이다. 그러나 우리에게 정말로 중요한 것은 '무엇이 되는 일'이 아니다. 우리는 무엇을 위해 살아갈 것인가? 어떤 가치를 위해 살아갈 것인가? 여기에 대한 해답은 망망대해 위에 떠 있는 부표와도 같다.

아무에게도 상처 주지 않는 어른으로 자라고 싶었다. 고등학교 3학년 무렵, 글을 쓰기 시작하면서부터 늘 마음에 품었던 꿈이다. 상처나 기억이라는 건 나 혼자만의 것이 아니라서 누군가의 상처가 나에게는 구원이 되기도 했고, 나의 구원이 반대로 남에게는 상처로 남을 수도 있다고 생각했다. 나는 어디서부터 어디까지 쓸 수 있고, 어느 것을 쓰지 말아야 하는 걸까? 그런 생각을 했다.

엄마나 아빠보다 외적으로 나와 더 닮은 친척이 꼭 한 명쯤 있기 마련이다. 나의 경우에는 외삼촌의 막내딸이었던 사촌 언니가 그랬다. 지금은 친가 쪽 친척들과 더 가깝게 지내기는 하지만, 내가 아주 어렸을 때에는 외가였던 대천 시골집에서 언니들과 함께 개구리를 잡거나 물놀이를 하며 놀았다. 언니들은 겨우 아장아장 걷고 말을 시작한 나에게 키 크는 체조를 시켜준다며 팔다리를 쭉쭉 잡아당기거나 자고 있던 나를 이불 위에 올려놓고 위로 던졌다가 받거나 했다더라. 10대가 된 나에게 언니들은 자기네들 덕분에 네가 키가 그렇게 커진 줄 알라며 뿌듯해하곤 했다.

외삼촌의 막내딸, 현이 언니는 외가 친척들 사이에 있어 오랫동안 금기처럼 여겨졌다. 누구도 언니의 죽음 이후 언니에 대한 언급을 하지 않았다. 언니와의 추억을 되새기는 것도 어려웠다. 크면 클수록 언니를 닮기 시작하는 나만이 거울을 들여다보며 그 시절을 떠올렸을 뿐이다. 언니는 키가 아주 컸고, 쌍꺼풀 테이프를 붙인 눈매가 부리부리했으며, 아래에 덧니가 있는 나와 달리 위쪽 송곳니 부근에 덧니가 있었다. 나는 가끔 언니가 생각날 때마다 엄마에게, "엄마, 나 현이 언니 닮지 않았어?" 하고 묻곤 했다. 엄마는 하나도 안 닮았다고 고개를 내저었는데, 이상하게 거울 속의 내 모습을 볼 때면 늘 언니가 떠올랐다. 사진이라도 있으면 보면서 비교할 수 있을 텐데, 우리에겐 언니의 사진 한 장이 없었다.

언니의 장례식은 내가 중학교에 다니고 있을 때 치러졌다. 그날의 분위기나, 풍경, 당시의 내 기분 같은 건 잘 기억나지 않는데 기묘하게도 내가 그 자리에 입고 갔던 옷차림만이 생생하다. 앞과 뒤의 기장이 조금 다른 톰보이의 검은색 롱코트를 입고 있었고, 검은색

일자 데님에 닥터마틴 로퍼를 신었다. 신발장에 신발을 벗어두고 올라오다가, 엄마의 전화를 받고 급하게 신은 양말이 검은색이 아니라 네이비라는 걸 확인했다.

그때 언니가 몇 살이었는지는 잘 모르겠다. 사람 얼굴이나 목소리를 잘 기억하지 못하는 편임에도 언니의 목소리는 아직도 머릿속에 녹음해둔 것처럼 선명하게 떠오른다. 약간 쉰 것처럼 허스키한 목소리로, 크고 호탕하게 소리 내어 웃을 줄 아는 사람이었다.

외삼촌은 재작년부터 치매를 앓기 시작했다. 나는 외숙모와 별로 친하지 않은데도 외숙모는 내가 직접 쑨 청포묵을 좋아하는 걸 기억하고는 대천에 내려갈 때마다 묵을 한 대접씩 싸준다. 나는 가끔 혼자만 기억하고 있는 것들에 대해 생각한다. 언니를 내가 마음대로 애도하거나 추억하는 것도 누군가에게는 이기적인 일이 될 수 있을까?

## 내가 네 나이 땐 소주를 짝으로 마셨거든

책상과 컴퓨터 앞에서 대부분의 시간을 보내는 현대인이라면 한번쯤 허리의 안위에 대해 걱정해보았을 것이다. 나의 경우에는 직업이 직업인지라 주변에도 코어 건강에 무섭도록 집착하는 사람들뿐인데, 만났다 하면 각자 본인의 신체 상태 브리핑을 한두 시간쯤은 들어야 한다.

"요즘 뒤통수부터 목까지 찌르르 하게 전기 오르는 것처럼 저려. 왜 그런 걸까?"

"그거 목디스크 아냐? 스트레칭 해보고 불편하면 병원 꼭 가. 허리 수술 2천만 원."

"디스크는 아니겠지? 나 안 그래도 골반 비대칭이

라 목까지 그러면 안 돼."

"네가 안 된다고 멀쩡할 척추였으면 세상에 아픈 작가는 없을걸."

우리 몸은 말하자면 오래 쓰는 일회용품이다. 좋은 시절로 다시 복구시킬 수도 없고, 상했다고 갈아 끼울 수도 없다. 아무리 질긴 비닐이라도 한 번 구멍이 나면 찢어지기까지 시간문제인 것처럼 우리 몸도 그렇다. 그저 그 구멍이 최대한 늦게 뚫릴 수 있도록 애지중지 관리해야 한다.

서점에서 책을 포장해줄 때 비닐봉지를 쓰지 않는 이유에 대해 생각해보면 쉽다. 책은 모서리가 단단하고 뾰족해서 비닐에 담으면 금방 비닐이 못쓰게 되고 만다. 책이 무거우면 무거울수록 그렇다. 일회용품인 우리 몸에 알코올, 카페인, 니코틴 같은 것들은 책으로 따지자면 거의 양장본인 셈이다. 그것도 200페이지 전공책. 저런 험한 것들을 몸속에 집어넣는 게 얼마나 치명적인지를 설명하기 위해 세상 사람들은 끝없이 많은 노력을 해왔다. 안타까운 것은, 이 사실을 나 역시 몸소 체감하고 나서야 깨달았다는 점이다.

학과 특성상 학년이나 학번에 비해 나이가 많은 선배들과 교류하는 일이 잦았다. 친구를 사귈 때 굳이 나이에 연연하며 만나지 않았고, 그러다 보니 연배로는 한참 위인 사람과도 편하게 '야', '너' 하며 말을 트기도 했다. 그런데 나와 네 살 이상 차이가 났던 친구들은 하나같이 똑같은 잔소리를 달고 살았는데, 그게 바로 이런 타박이었다. 건강 챙겨라, 미리 챙겨야 된다. 술 작작 마셔라, 뼈 삭는다. 생일선물로 영양제 사줄게, 그거라도 좀 먹어라. 술이랑 커피 중에 하나라도 끊어라. 못 끊겠으면 술 마시면서 아메리카노라도 마시지 마라. 물 마셔라. 운동하기 싫어도 해라. 체력 길러놔라.

어렸을 땐 그게 아주 이상하면서 신기했다. 저런 이야기를 일절 안 하던 사람들도 어느 기점(나는 이 시기를 스물다섯과 스물여섯 사이의 겨울 정도로 보았다)을 지나가며 '건강무새'가 되기 때문이었다. 무슨 스물다섯 살이 되는 사람들만 받는 세뇌나 주문이라도 있는 것처럼 돌변하는 그 모습이 약간 기괴하기도 했다. 만약 그 시절 나에게 위와 같은 충언을 해주었던 친구들이 이 글을 보고 있다면 미리 사과하겠다.

그런데 진짜, 거짓 하나 안 보태고 정말, 진심으로

나 역시 딱 스물다섯 살이 지나고 나니까 몸뚱이에 점점 구멍이 뚫리는 게 느껴지기 시작했다. 이 변화가 초반에는 아주 천천히 오기 시작해서 눈치채기 어렵더라. 제일 먼저 체감한 것은 주량이 큰 폭으로 줄었다는 점이다. 그 무렵 나는 마지막 휴학기를 끝낸 후 초과 학기를 위해 복학한 상태였는데, 군대를 다녀온 뒤에 복학한 아는 동생과 수업 시간이 겹치는 날엔 저녁 겸 술을 자주 마셨다. 한 달 정도를 같이 놀던 동생이 어느 날 문득 아무렇지도 않게 말한 것이 나의 첫 깨달음이었다.

"누나, 예전보다 술 많이 약해졌다."

그동안 함께 놀았던 친구들은 함께 나이 들어가는 처지이기도 하고, 거의 일주일에 한 번꼴로 꾸준히 만나고 있던 터라 이런 새삼스러운 평가를 받을 수 없었다. 그 동생의 말은 스스로를 돌아보게 만들었다. 그러고 보니 정말로, 원래는 동생과 거의 비등비등했던 주량이 현저히 줄었다는 게 실감이 나는 것이 아닌가. 너무 자존심이 상했다! 그 뒤로는 이 친구와 술 마실 때 절대 취하지 않겠다는 의지로 숙취해소제를 먼저 먹고 술자리에 임하는가 하면, 평소엔 잘 먹지도 않는 안주를 열심히 주워 먹으면서 달리기 시작했다. 보통 사람이라면 그 정도로 간이 약해졌다는 걸 알았으면 술을 줄여야 하는 거 아니냐고 묻겠지만, 그렇게 현명한 판단이 가능한 사람이었다면 애초에 이 지경까지 간을 혹사시키지도 않았겠지.

그렇게 한번 자각을 하고 나니 달라진 컨디션이 속속들이 보이기 시작했다. 아마 내 주변의 스물다섯 살도 모두 그랬을 것이다. 스물다섯을 기점으로 몸이 급격하게 무너지기 때문에 그 친구들이 건강무새가 되었던 것이 아니라, 그냥 조금씩 천천히 나빠지고 있던 상태를 스물다섯이라는 어떤 포인트에 '알아차린' 것에 가까웠으리라. 몸이란 게 생각보다 투명하고 정직해서 이전의 루틴에서 벗어난 부분들만 살펴보더라도 그동안의 내 삶이 어떤 식이었는지 파악이 가능했다.

폐활량이 줄어 수영장의 25미터 레일을 서너 번 왕복하는 것도 힘들어졌고, 오랜만에 방문한 안경점에서는 렌즈를 새로 맞춰야 했으며, 다리가 저려서 밤에 자다 깨는 일이 빈번해지고, 심지어는 예전만큼 오랫동안 한 가지 일에 몰두할 수가 없어졌다. 특히 충격적이었던 것은 친구들과 밤을 새워 노는 날이 생기더라도 밤 열 시, 열한 시만 되면 그저 침대에 뻗어 곯아떨어져 버리는 일이었다. 엄마와 함께 살고 있는 나로서는 아주 치명적인 결함이었다. 새벽에 택시를 타고 들어오건, 친구네 집에서 자고 들어오건 미리 얘기만 하면 별 제재 없는 우리 집의 룰을 스무 살에도 깬 적이 없는데, 나이 스물일곱 먹고서 밥 먹듯이 어기게 됐다. 분명 지하철 막차를 타고 귀가할 요량으로 친구네 집으로 2차를 갔는데, 정신 차리고 눈을 떠보면 새벽이거나, 날이 밝아 있거나 하는 일이 다반사였다. 덕분에 엄마는, 엄마의 말을 빌리자면 "내일모레 서른인 딸" 때문에 뜬눈으로 밤을 새우기도 했다.

내가 영양제를 사 먹기 시작한 것도 그때부터였다. 술을 줄일 자신은 없고, 커피나 담배를 끊을 자신도 없으니 몸에 좋다는 거라도 챙겨야 할 것 같았다. 내 몸에 대한 죄책감을 조금이라도 씻어내기 위함이었다. 예전에는 일주일 치 영양제를 약통에 소분해 매일 가지고 다니던 친구들이 유난스럽다고 생각한 적도 있는데, 먹는 알약이 하나둘씩 늘어나니 까먹지 않으려면 별수가 없더라. 우리 아빠도 술을 좋아하고 간 건강이 좋지 않아서 매번 몸에 좋다는 영양식은 꼬박꼬박 챙겨 먹는 사람인데, 그런 우릴 보고 엄마는 밑 빠진 독에 물 붓냐며 고개를 내저었다. 부녀지간이 아주 판에 박은 듯이 똑같다고, 씨도둑은 못할 짓이라고 했다.

아침에 일어나면 가장 먼저 비타민 D와 오메가3, 칼슘과 마그네슘을 먹는다. 따뜻한 물과 함께 영양제를 한 줌 먹으면 그제야 하루를 시작하는 기분이 든다. 가끔은 밀크씨슬도 먹고, 기름진 음식을 먹기 전에는 키토산을 먹기도 한다. 병풀 추출물이 함유되어 있다는 고투콜라는 잠들기 전에 두 알, 배란일부터 월경 주간까지는 달맞이꽃 종자유도 한 알 추가된다. 끼니를 거를 때는 있어도 영양제를 한 번 건너뛰면 어쩐지 큰 실수를 한 것마냥 불안해지기도 하는데, 살다 살다 영양제 강박증까지 생기게 될 줄은 몰랐다. 무슨 영양제가 어디에 좋다는 정보를 줄줄이 꿰고 있자면 차라리 팔이나 손등 같은 곳에 레터링으로 타투를 새길까 싶다. 절대 잃어버리지 않을 메모장일 테니까. 칸칸이 나뉜 약통의 영양제들을 휴대폰 알람 소리에 맞추어 꺼내 먹으면서도 매주 술 약속은 빠짐없이 나가는 내가 참 웃기고 그렇다.

돌이킬 수 없음에 대한 이야기는 나의 오랜 클리셰이다. 뿌리 깊은 반골 기질은 타고난 것인지, 후천적으로 형성된 성격인지 모르겠지만 내가 기억하는 한 늘 그랬다. 내가 생각하는 게 실제로는 '예스'이더라도 남들이 전부 '예스'라고 하면 괜히 '노'라고 말하고 싶어서 입이 근질거린다. 그래서 나는 어딜 가도 가장 늦게 대답하는 사람이 되어야 했다. 맨 처음으로 내가 '예'라고 말해버리고 나서, 다른 사람들이 똑같이 '예'라고 말하면 온종일 기분이 별로였다. 다시 손을 들고서 '생각해보니 저는 아니오입니다'라고 정정하는 것은 너무 모양 빠지는 일이니까. 꼭 옳은 말만 해야 하는 자리일 때에는 이런 성질 때문에 헛소리를 미연에 방지하기 위해 차라리 맨 첫 번째로 입을 열려고 노력했다. 아니면 아예 다물고 있거나.

그러니까 나는 사실 결과와 원인이 완전히 뒤집어져 있는 사람이라는 것이다. 생각해보면 항상 궁지에 몰린 상태로 주변의 시선에 쫓기듯이 살았다. 가진 건 쥐뿔도 없으면서 남들이 다 하는 건 하기 싫어서 도망치기만 했다. 연애도, 일도, 글쓰기도 그랬다.

한 번 엎지르고 나면 어딘가에 스며들어서 닦아낼 수 없는 물처럼 돌이킬 수 없는 선택들이 무서웠다. 뚫린 구멍에 덕지덕지 천을 기워놓고는 아무렇지 않은 척, 멀쩡한 척 평범한 삶 사이에 섞여들곤 했다. 모두가 그렇다고 하는 일들의 반대편으로 멀리, 더 멀리 직진만 했다. 당연히 뚜렷한 목적지는 없었다. 당장의 문제를 직시하고 해결하는 일을 계속해서 미루다 보면 작은 장애물이 눈덩이처럼 불어나 내 앞길을 막기 일쑤인데도, 회피하는 일을 멈출 수가 없었다.

사람이 갑자기 다시 태어난 것처럼 바뀔 수는 없다. 게임 캐릭터처럼 그동안의 육성 기록을 삭제하고 리셋하여 새로 시작할 수는 없는 법이다. 미디어에는 '새롭게 태어난' 사람들이 늘 넘쳐났다. 전교 꼴등을 하다가 서울대에 입학한 사람, 고도비만으로 합병증을 앓다가 몸짱이 된 사람, 맨땅에 헤딩 식으로 도전해서 백만장자가 된 사람까지. 그들은 하늘이 내린 어떤 계시를 받고 밑바닥에서부터 정상에 올라간 게 아님에도 불구하고, 나는 그들의 성공 신화를 보며 좌절만 했다.

한 번 태어난 이상 내가 '새로운 나'로 변신할 수는 없는 노릇이다. 그렇다고 남들과 비교하며 열패감에 사로잡힌 채 남은 일생을 살아가기도 싫다. 20대 후반으로 접어들며 이대로 살 수는 없다는 경각심이 커졌다. 그리고 가장 먼저 노력한 일이 바로 '새로운 시작'에 집착하지 않는 것이었다.

내게는 어떤 일을 새롭게 시작하기 위해서는 그에 걸맞는 완전무결한 상태가 되어야만 한다는 강박이 있었다. 예를 들자면 이런 것들이다. 열 장도 채 쓰지 않은 강의 필기용 노트가 있는데, 학부 졸업을 하고 공부에서 멀어지며 쓰지 않게 된다. 그러다 대학원에 입학하게 되어 다시 노트가 필요해진다. 그러면 나는 쓰던 노트를 이어서 쓰는 게 아니라 굳이 새 노트를 사고 만다. 혹은 다이어트를 결심하고 저녁에 필라테스를 등록했는데 운동을 가야 하는 첫날 점심에 과식을 한다. 그러면 필라테스에 가서 만회를 하는 게 아니라 오늘은 어차피 망쳤으니 내일부터 시작해야 한다며 운동을 나가지 않는다. 대충 이런 일들이 계속해서 반복되다 보니 '새로운 시작'은 점점 뒤로 밀리기 일쑤였다. 내가 세운 계획에서 아주 조금만 어긋나버리면 그 계획은 폐기해야 안심이 되어 모르는 척 뒤로 넘겨버렸다. 다이어리 첫 장에 쓴 글씨가 한 군데라도 마음에 안 들면 화이트로 고치는 대신 그 종이를 깨끗하게 뜯어서 버리고 새 페이지로 둔갑시키는 날들이었다. 그리고 이런 '망한 날'이 하루씩 모여 태산이 되고 있었다. 아무리 결심해도 도돌이표처럼 제자리에 돌아오고 마는 것이다. 그때 깨달았다. 나는 이 강박을 고치지 않는 한 절대 변하지 못하겠구나.

그때부터 일부러 쓰다 만 노트에 업무 기록을 했고, 마음에 들지 않는 문장들은 찢어서 없애는 대신 볼펜으로 죽죽 그어버렸다. 작년에 쓰던 일기장에 올해의 일기를 이어서 썼고, 계획대로 일을 끝내지 못하더라도 그다음 예정되어 있던 일정으로 넘어갔다. 처음엔 불편해서 미칠 것 같았는데, 이게 쌓이고 무뎌지고 나면 자연스럽게 그러려니 하게 되더라. 지키지 못한 일일 미션은 다음 날로 넘겨서 어떻게든 해내려 했고, '망한 날'과 '성공한 날'을 구분 짓지 않으려고 노력했다.

그러다 보면 정말 신기하게도, '새로운 시작'이라는 개념 자체가 점차 무의미해지게 된다. 나는 언제나 마음속에 선명하게 출발선을 그어놓고, 선 바깥에 발을 뻗는 순간부터 전속력으로 달려야만 한다고 생각하고 있었던 것 같다. 인생은 도착 지점이 정해져 있는 달리기 시합이 아니란 걸 누구보다 잘 알고 있다고 자신했으면서. 진짜 시작은 마음속의 출발선을 지우는 것부터였다. 뒤에서 나를 재촉하는 사람도 없고, 결승선에 도착한다고 해서 내게 메달을 걸어줄 사람도 없다. 내가 스탯을 잘못 찍으면 다른 직업으로 전직할 수 없는 게임 캐릭터도 아닌데, 왜 그렇게 '새로운 시작'에 목을 맸을까?

# 죽고 싶은 여름

　　나는 1994년 8월생이다. 아직도 뉴스에서는 매년 '유례없는 폭염'을 말할 때마다 1994년을 비교 대상으로 언급하곤 한다. 대한민국에서 기상 관측이 시작된 이후로 가장 더웠던 여름에 내가 태어났다. 만삭이었던 엄마는 날이 너무 더워서, 에어컨을 마음대로 틀 수 없는 집안 대신 자동차 안에서 대부분의 시간을 보냈다고 했다. 그때는 지금만큼 카페 문화가 발달하지도 않았고, 만삭의 몸으로는 어딜 쉽게 오가지도 못했을 테니 전기요금을 아끼기 위한 최선의 방책이었으리라. 엄마는 그해 여름을 아직도 선명하게 기억하는데, 다행인 건 배 속에 있던 내가 꽤 온순한 아기였다는 점이다.

보통 여름에 태어난 아이들은 더위를 덜 타고, 겨울에 태어난 아이들은 추위를 덜 탄다고 하던데 나는 정반대였다. 너무 더울 때 태어나서 그런 걸까? 겨울에는 내복 한 번 입은 적 없고, 해마다 유행하는 독감에도 걸려본 적 없으면서 여름만 되면 아이스크림마냥 끈적하게 녹아내려 일상이 불가능할 정도였다. 차라리 땀이라도 많으면 열이 배출될 텐데, 땀이 많이 나거나 피부가 잘 그을리는 편도 아니라서 끽하면 더위를 먹거나 냉방병에 걸리거나 하며 골골대는 게 일이었다.

사계절 중 어떤 계절이 제일 싫으냐 묻는다면, 나는 정말이지 한 치의 망설임도 없이 여름을 꼽는다. 여름이 싫은 이유를 대라면 하루 종일 쉬지 않고 투덜댈 수도 있다. 체질도 체질이지만, 사실 내가 여름이 정말로 싫었던 이유는 따로 있었다.


여름이라는 계절과 잘 어울리는 사람에 대한 선망이 있다. 여름, 했을 때 떠오르는 긍정적인 이미지들. 푸르게 우거진 녹음과 청량한 매미 소리, 눈이 부시게 빛나는 어느 오후의 뙤약볕. 마치 지브리 스튜디오의 그림체로 그려진 듯한 아름다운 풍경들. 햇볕 아래에서 건강하게 그을린 피부색을 하고 활짝 웃는 사람들만이 가지고 있는 생기와 활력을 동경해왔다. 하지만 그 그림 같은 여름 속에 나라는 사람을 그려 넣을 수는 없었다. 가족들에게까지 뚱뚱하다고 핀잔 듣던 나는 가벼워지는 옷차림이 싫었고, 어쩔 수 없이 드러내야만 하는 맨살이 싫었다. 여름만 되면 내가 한없이 초라하게 느껴졌다.

그때는 스스로 몸무게나 외모에 대한 콤플렉스가 없다고 생각했다. 실제로 무딘 편이기도 했다. 오랫동안 운동을 하기도 했고, 키가 평균보다 큰 편이라 살이 붙어도 그냥 체격이 좋은 것처럼 보였기 때문에 긴 외투를 껴입는 겨울에는 별 신경을 쓰지 않아도 되었다. 내 몸무게를 들은 주변 사람들은 "그렇게까지는 안 보인다"며 놀라곤 했는데, 어쩌면 내심 그 말을 듣고 싶어서 아무렇지도 않게 신체 사이즈를 오픈했을지도 모르겠다.

그 시절을 회고할 때 나는 우스갯소리로 '행복한 돼지'였다고 말하곤 한다. 실제로 외모나 체중에 대한 스트레스보다 친구들과 맛있는 음식에 술을 마시면서 느끼는 행복감이 훨씬 더 컸기 때문이다. 패션에 대한 관심도 지금보다 훨씬 많았는데, 내 체형과 스타일에 어울리는 옷을 찾아 사 입는 일에 큰 재미를 느꼈다. 사회에서 규정한 이상적인 신체에 억지로 나를 끼워 넣지도 않았고, 그런 나를 좋아해주는 친구들도 많았다. 여름이 싫기는 했지만, 여름이 아닌 계절에 나는 늘 행복했다.

이런 삶의 밸런스가 깨지기 시작한 것은 6년 전 여름이었다. 나는 그맘때 우울을 앓고 있었다. 글을 쓰면서 같은 실패를 거듭했고 서서히 지쳐갔다. 좋아하는 친구들과 시간을 보내며 얻던 위로도 휴학을 하면서 힘을 잃었다. 이 모든 일들에 대한 재능이 없을지도 모르겠다는 불안이 나를 좀먹었다. 그 와중에 관절염이 있는 엄마는 다리 재활에 수영이 좋다는 이야기를 듣고와서는 함께 수영장에 등록하자고 나를 설득했다. 아마그건 구실일 뿐이고, 온종일 방 안에 틀어박혀 밤낮이 바뀐 채로 컴퓨터 앞에 앉아 있는 나를 어떻게든 밖으로 끌고 나오고 싶었던 것 같기도 하다.

아침에는 엄마와 수영을 갔고 다녀와서는 잠을 잤다. 한동안 안 하던 운동을 아침마다 하려니 입맛도 없고 그저 뒤집어지게 누워서 기절하고 싶은 기분이었다.

자다 깨면 점심때가 한참 지나 있었다. 하루 한 끼를 겨우 챙겨 먹고 잠만 잤다. 그땐 하루에도 수십 가지의 꿈을 연달아 꾸었다. 꿈속에서 나는 아주 많은 사람을 만났다. 내가 좋아하는 사람들, 좋아했던 사람들, 이제는 볼 수 없는 사람들, 얼굴조차 모르는 사람들이 아무렇게나 뒤섞여 나왔다. 글 쓰는 것마저 하지 못하는 현실의 나와 꿈속의 나는 달랐다. 하늘을 날고 불을 뿜는 용이었다가, 긴 손톱을 가진 식인종이었다가, 사람을 물어 죽이는 상어였다가, 폐허가 된 세상에서 홀로 살아남은 군인이었다.

그렇다고 수영이 싫었냐면 그건 또 아니었다. 수영은 너무 재미있었다. 그래서 하루도 빠짐없이 나갔다. 그 무렵 내 하루의 유일한 낙이었다. 온몸으로 물을 가르며 체력을 한계까지 몰아가는 일이 적성에 맞을 줄은 몰랐기 때문에 더욱 빠르게 매료되었다. 무더운 여름날에 시원한 수영장에서 시간을 보내고 있노라면 아무 생각도 들지 않았다. 이대로라면 정말 죽을지도 모르겠다는 생각이 들 때까지 숨을 참았다. 그러면 지금 이 자리에서 숨 쉬고 있는 나 자신만이 중요하게 느껴졌다. 나를 둘러싼 세계, 그 세계에서 보잘것없는 나의 위치 같은 건 아무래도 좋다는 기분이 되곤 했다. 이 모든 것이 세간에서 말하는 '운동의 순기능' 그 자체였다. 나는 왜 우울증에 걸린 사람들에게 일상의 루틴을 세우라고 하는지, 아무것도 하지 않아도 아침에 일어나면 먼저 샤워부터 하라고 말하는지, 잠깐이라도 좋으니 규칙적인 운동을 하며 몸을 움직이라는 건지 알 것 같은 기분이 들었다.

　모든 불행의 시작은 아주 이상한 곳에서 찾아오고 말았다. 모든 게 다 나아지고 있었는데, 당연한 수순으로 살까지 빠지기 시작했다. 샤워장에서 몸을 씻던 엄마가 문득 물어왔다. 너 갑자기 왜 그렇게 살이 빠졌어? 마지막으로 체중을 잰 것이 언제였는지 기억도 나지 않는데, 그 말을 듣고 저울에 올라가 보니 정말로 내가 기억하던 것보다 6킬로나 빠져 있었다. 그래. 바로 이게 문제였다.

　내가 할 수 있고, 사랑하는 유일한 일이 글을 쓰는 것이라고 믿었기 때문에 늘 필사적이었다. 그 일을 더 이상 지속할 수 없게 되었을 때의 나를 도저히 사랑할 수가 없을 것 같았기 때문이다. 아무것도 이루어지지 않고 정체되어 있을 때 유일하게 변화한 게 몸무게였다. 저울만 있으면 소수점 자리 아래까지, 아주 작은 변화라도 육안으로 확인할 수 있는 수치. 그때부터 나는 매일 아침 체중계에 올라섰다. 태어나 처음으로 다이어트라는 걸 시작한 셈이다. 보통 다이어트를 시작하는 사람들은 인바디 수치건, 눈바디 셰이프건 먼저 목표를 정해놓곤 하는데 나는 그게 없었다. 그냥 '빠지는 것' 그 자체에 집착하기 시작했다. 목표 의식이나 기준이 없으니 어떤 무게가 되어도 만족할 수 없었다.

사람이 매번 같은 패턴으로, 같은 양의 음식만 먹고 살 수는 없다. 나도 그랬다. 가끔 친구들과 약속이 생기거나 밖에서 외식이라도 하는 날에는 식욕이 돌고 몸무게가 늘었다. 빼면 뺄수록 빼는 게 더 어려워졌고, 조금만 계획과 어긋나면 금방 불어났다. 당연한 일이다. 그 당연한 일이 당연한 줄을 몰랐다.

그해 여름방학을 그렇게 보냈다. 집과 수영장을 제외하고는 어디에도 머무르려 하지 않았다. 그동안 10킬로가 넘게 빠졌다. 개강을 하고 나니 어쩔 수 없이 밖에 나가야 했고, 우울이라는 게 늘 그렇듯 좋아하는 사람들을 만나고 일상으로 돌아가며 금방 나아졌다. 하지만 수치에 대한 강박은 도무지 사라지질 않았다. 사람들은 오랜만에 날 만나서는 독한 년이라 부르며 살을 어떻게 뺐는지, 약을 먹었는지, 수술이나 시술을 한 건 아닌지 물었다. 딱히 해줄 말이 없었다. 그냥 하루에 한 끼 먹고, 수영 가고, 잠만 자면 빠져요. 그러면 부럽다고들 했다. 뭐가 부러운 걸까? 매일 하루를 체중계 위에서 시작하는 게? 몸무게를 재지 못한 날이면 종일 굶어야 마음이 편해지는 게? 어린이용 식판을 사서 그 위에다 끼니를 덜어 먹는 게? 명현현상 때문에 시도 때도 없이 식은땀이 나고 길을 가다가도 바닥에 주저앉아 헛구역질을 하는 나날이? 맛있는 음식이 더 이상 즐겁게 느껴지지 않는 게?

수영을 하자고 꼬신 엄마를 원망한 적도 있고, 이전의 내게 너무 뚱뚱하다고 눈치를 줬던 아빠를 원망한 적도 있다. 알게 모르게 나를 주눅 들게 만들었던 사회의 모든 편견과 혐오들에 대한 분노가 사그라들지 않았다. 맛있는 걸 먹으며 하루의 스트레스를 풀면 그걸로 만족했던 내가 뿌리부터 송두리째 망가져버린 것만 같았다. 여느 때처럼 쉽게 헤어나올 수 있는 우울이었을 텐데 하필 다이어트를 해서, 이제는 평생 벗어날 수 없는 굴레에 묶여버렸다. 내가 이렇게나 변했는데 왜 좋아하는 일들은 그대로일까? 아직도 밀가루가 고기보다 좋고, 외출보다 방에 틀어박혀 책이나 읽는 게 좋고, 친구들과의 술자리가 좋다. 내가 좋아하는 일을 하고 살면 살이 찌는데, 나는 불행해지기 위해 끊임없이 작은 불행들을 선택하게 되고야 말았다.

사람들은 날 보고 쉽게 "좋아졌다"고 했다. 훨씬 보기 좋다고, 더 건강해 보인다고 말이다. 달라진 건 오직 몸무게뿐이다. 고무줄처럼 늘었다 줄었다 하는 몸 때문에 오히려 예쁜 옷 한번 마음 놓고 사지 못하고, 사이즈가 급하게 줄면서 처진 살이 꼴 보기 싫어서 이전보다 더 꽁꽁 싸매고 여름을 난다. 거울을 보면 '나'라는 하나의 사람 대신 조각난 덩어리들이 거기에 있다. 두꺼운 팔뚝, 겨드랑이의 부유방, 옆구리의 러브핸들, 팬티라인 아래로 툭 튀어나온 허벅지. 마치 정육점에서 부위별로 나뉜 고깃덩이를 골라내듯 나 스스로를 그렇게 품평하게 된다. 지긋지긋하다. 너무 지긋지긋해서 가끔은 모든 걸 다 끝내버리고 싶다고도 생각한다.

어느 수준 이하로는 도저히 체중이 떨어지지 않아

서 식욕억제제를 처방받은 적도 있다. 지인이 소개해준 병원은 신촌역 근처 대로변에 있었다. 겉으로 보았을 땐 전혀 병원 건물 같지 않아서 지도 앱을 켜둔 채 한참을 헤맸다. 좁고 가파른 계단을 오르니 그제야 입간판이 보였다. '이비인후과'라는 글씨 아래로 각종 예방접종 주사의 이름이 나열되어 있었다. 사람도 많았다. 정확히 몇 명이었는지는 기억나지 않지만 모두 젊은 여자였다. 주요 진료 과목은 이비인후과인데 누구도 귀나 목이 아파서 온 것 같지는 않았다. 내가 그랬듯이. '환자'들은 인바디 측정기 앞에 맨발로 서서 체중을 쟀다.

처방전은 3만 원, 약값은 12만 원이었다. 도합 15만 원. 내 한 달 치 식욕은 고작 그 정도의 값이었다. 내게 처방을 내려준 의사가 했던 말이 특이해서 기억에 남는다. 식욕억제제를 먹는 동안에는 운동을 삼가라고 했던가? 심한 운동은 하지 말라고 했던가? 그 말만 들어도 뭔가 심상치 않은 약이란 걸 짐작했어야 했는데. 어쩐지 당연하다는 듯 약이 담긴 포장지 위에는 아무 글자도 없었다. 알약들의 이름은 고사하고 처방전 대로 약을 지어준 약국의 이름도, 약사의 이름도 없었다.

하얀 비닐봉지에 담아준 90회분의 약을 보며 병원

벽에 붙어 있던 안내문을 떠올렸다. "우리 병원에서는 식약처의 허가를 받은 합법적인 약물만 처방합니다." 나는 내용이 보이지 않도록 반으로 접어준 처방전을 미리 카메라로 찍어두었다. 내가 인터넷에 직접 이 알약의 이름들을 검색해볼 일이 없기를 바라면서.

병원에서 처방해준 약은 카페인에 약한 내게 쥐약이었다. 먹으면 심장이 두근거려 밤에 잠을 잘 수가 없었다. 약 기운이 도는 데에는 10분도 걸리지 않았다. 먹고 싶었던 음식을 앞에 두고도 입맛이 없어 한 숟갈 넘기면 토기가 올라왔다. 차라리 아무것도 먹지 않는 편이 나을 정도였다. 먹지 않으면 빠진다. 내가 그동안 저주 같은 삶을 이어오며 가장 먼저 배웠던 진리답게 몸무게는 차츰 줄어들었다. 동시에 급속도로 쇠약해지기 시작했다. 기억에 남는 경험은 수영이 끝난 뒤 샤워장에서 몸을 씻던 중에 주마등을 본 일이다. 수영이 끝나고 헉헉대며 계단을 올라와 샤워기 앞에서 뜨거운 물을 맞으며 머리를 감는데, 별안간 눈앞이 노란색과 주황색으로(하늘이 노랗게 보인다는 게 무슨 의미인지 이때 알았다) 점멸하더니 온몸의 피가 아래로 빠져나가는 기분이 들었다. 휘청대며 벽에 손을 짚은 그 찰나의 순간에 엄

청나게 많은 장면들이 감은 눈꺼풀 안으로 빠르게 흘러
갔다. 영화에서 어떤 인물이 갑자기 큰 깨달음을 얻었
을 때 과거의 기억들을 배속으로 재생한 것처럼 보여주
곤 하는데, 꼭 그것과 비슷한 감각이었다. 숨을 몰아쉬
며 정신을 겨우 차렸을 때 '이게 바로 주마등이라는 거
구나' 하는 생각이 들었다.

그렇게 약을 먹은 지 보름 정도 되었을 때 친구가
말했다. 자기 사촌 언니도 병원에서 지어주는 양약을
먹고 살을 뺀 적이 있는데, 20킬로 넘게 뺐지만 그만큼
약에 대한 의존도도 높아졌다고. 이제는 요요만 오면
약을 타러 간다고 했다. 사촌 언니는 번역가였는데 이
상하게 약을 먹고부터는 알고 있는 단어들을 까먹는 것
같다고 했다. 영어를 보면 그에 상응하는 한글이 떠오
르지 않는다고. 자기는 그게 약의 부작용일 거라고 생
각한다고도 했다. 일리 있는 말이었다. 내가 알기로 병
원에서 처방해주는 식욕억제제는 대부분 허기를 느끼
는 뇌의 어느 신경을 마비시키는 성분이 포함되어 있기
때문이다.

그 말을 들은 뒤로 겁이 나기 시작했다. 말을 자주
더듬게 된 것 같기도 하고, 문장을 써도 예전만큼 매끄

럽지 않은 것 같기도 했다. 여기에 알던 단어까지 까먹기 시작하면 어쩌지? 그렇게 되면 정말로 큰일이다. 나는 할 줄 아는 게 글 쓰는 것밖에 없다. 밥을 먹는 대신 말을 먹기 시작하는 게, 누군가에겐 그리 큰 대가가 아닐지도 모른다. 하지만 내겐 아니었다. 둘 중 무엇이 더 가치 있냐고 스스로에게 질문했을 때, 아직은 말이라고 대답할 수 있는 시간이 얼마 남지 않았음을 직감했다.

남은 약봉지를 보면 자꾸만 먹고 싶어질 것 같아서 아예 가방에 넣고 나와 신도림역 화장실 쓰레기통에 버렸다. 휴지 사이 구겨진 약 봉투를 보면서 아깝다고 생각했다. 아직 반절은 넘게 남았는데. 볼일도 보지 않은 변기 레버를 눌렀다. 물이 내려가는 소리를 들으며 칸을 나왔다. 누군가 자꾸 뒷머리를 잡아당기는 것 같았다. 이쯤에서 혹시라도 나와 같은 사람들이 있을까 봐 첨언하자면, 먹다 남은 의약품은 절대로 나처럼 일반 쓰레기로 버리면 안 된다고 한다. 나도 버리고 나서야 알았다. 그땐 워낙 제정신도 아니었고 당장에라도 이걸 내다 버리지 않으면 안 될 것 같다는 생각에 저지른 일이었지만, 폐의약품은 환경오염의 주범이 될 수 있으니 보건소나 약국에 가져다 주거나 전용 수거함에 배출해야 한다.

약을 끊은 후 시간이 조금 흐르자, 문득 핸드폰 앨범 속에 남아 있는 처방전이 궁금해졌다. 인터넷에 검색해봤지만 7가지의 알약 중 4가지가 나오지 않았다. 나 대신 친구가 식약처에 전화해서 물어보기도 했는데, 허가 의약품 목록에 없다는 말만 들었다고 한다. 상담원은 약을 판매한 약국에 가서 정말로 허가받은 의약품이 맞는지 물어보라고 조언했다. 그러나 나는 그 약국에 두 번 다시는 발도 붙이고 싶지 않았다.

그 병원에는 아직도 사람이 많을 것이다. 친구의 사촌 언니처럼 때가 되면 다시 돌아오는 단골이 있을지도 모르겠다. 아주 평범한, 그러니까 수치상으로도 평균 범주에 들 것 같은 체형의 젊은 여자들로 가득했던 로비가 떠오른다. 그들에게도 부럽다, 예쁘다, 좋아졌다고 말해주었을 주변인들이 있었겠지.

# 마스크의 순기능

"여자는 평생 다이어트야"라는 말처럼 바보 같은 게 없다고 생각한 적이 있다. 몸무게에 대한 집착이 생기면서야 깨달았다. 세상에는 생각보다 아주 많은 사람들이 이런 강박에 시달리며 살아가고 있겠구나. 그들에게 다이어트는 미용 차원의 문제가 아니라 생존의 한 방식일지도 몰라. 그런 생각. 헬스와 운동 열풍이 불면서 '건강한 몸'에 대한 긍정적인 인식이 생겨난 것은 분명한 사실이다. 하지만 동시에 '굶어서 빼는 사람들'에 대한 혐오도 생겨난 것 같았다.

SNS를 하다 보면, 특히 트위터를 하다 보면 지나치게 마른 몸을 선망하고 동경하는 10대들을 심심치 않게 찾아볼 수 있다. 거식증 환자들의 몸을 전시하며 '뼈말라'가 되고 싶어하는 사람들을 '프로아나'라고 통칭한다. 프로아나(pro-ana)란 찬성을 의미하는 프로(pro)와 거식증을 의미하는 아나(anorexia)의 조합으로 이루어진 단어인데, 실제로 이 '프로아나' 문화가 10대들 사이에서 급속도로 확산되며 이에 대한 심각성을 알리는 기사들이 우후죽순으로 쏟아졌던 때가 있었다. 자신의 건강을 해치면서까지 마르고 싶은 이들에 대한 우려의 목소리도 분명 있었지만, 이들의 행동을 비웃고 욕하는 사람들도 어렵지 않게 볼 수 있었다. 트위터의 프로아나 계정들이 수많은 이들에게 공격을 당하던 시점에 나는 유튜브로 어느 걸그룹의 신곡 뮤직비디오를 보고 있었는데, 문득 그 상황이 너무나 기이하게 느껴졌다. 화면에 나오고 있는 어리고 예쁘고 마른 여자아이들은 눈부신 스포트라이트를 받고 있는데, 그들을 보면서 자란 다른 여자아이들의 '마르고 싶은 마음'을 손가락질할 자격이라는 게 어른들에게 있을까?

과거에 이미 1일 1식, 간헐적 단식, 원푸드 다이어트를 유행시켰던 수많은 매스미디어가 있었다. 세상에 예쁘지 않은 여자는 없다고, 그저 노력하지 않은 여자만이 있을 뿐이라고 말하면서 용기를 북돋는 다이어트 프로그램이 있었고, 대중교통을 타고 지나가다 보면 꼭 한 번쯤 만나는 성형외과 광고가 있었다. 경제력이나 시간적 자본이 뒷받침되는 성인들이야 운동을 하든 식단을 관리하든 본인의 의지만 있다면 가능하겠지만, 대부분의 10대들이 날씬해지기 위해 할 수 있는 선택은 제한적일 수밖에 없다. 굶어서라도 몸무게를 줄이고 싶은 아이들에게 어른들이 해줄 수 있는 건 비판이나 비난이 아니다. 무엇이 그들을 그렇게 만들었는지, 어디서부터 잘못된 건지 알아내고 함께 해결하는 것이 어른의 몫 아닐까?

다이어트의 목적이 사회에서 정한 미의 기준에 스스로를 끼워 맞추는 거라면, 사실 여자들에게 '건강한 다이어트'란 불가능이나 다름없다. 나는 유치원 때부터 태권도에 다녔고, 성인이 되고 난 후에는 누구보다 잘 먹고 잘 움직이는 사람이었으며, 체중 감량을 시작했을 때에도 수영, 헬스, 필라테스, 복싱, 러닝까지 안 해본 운동이 없었다. 하지만 지금 인바디 기계에 올라 내 몸 상태를 확인하면 근골량이 간신히 표준 범위에 걸쳐 있을 정도라고 나온다. 오히려 과체중인 상태였을 때 나는 그래프적으로 가장 건강한 몸이었다.

그렇다면 미디어에 나오는 '이상적이고 건강한 신체', 다시 말해 근육량은 높은데 체지방량은 현저히 낮은 몸은 어떻게 만들어야 하는가? 죽지 않을 만큼만 먹고, 죽을 만큼 운동하면 된다. 이게 바로 건강한 다이어트의 모순이다. 왜냐하면 사람이 저렇게 살면, 그러니까 죽을 만큼 운동하고 죽지 않을 만큼 맛없는 음식만 먹고 살면 정신이 안 건강해진다. 아주 피폐해진다. 내가 해봤기 때문에 안다. 헬스장에서 매일 몇 시간 동안 운동하고, 닭가슴살에 현미밥이랑 채소만 먹고 살면 보디셰이프는 '예뻐'진다. 문제는 대체 언제까지 그 삶을 지속해야만 하냐는 것이다.

물론 리스크를 감당하면서까지 그 루틴을 지속해야 하는 이유가 있는 사람들이라면 이야기가 달라진다. 자신의 몸이 고객 유치와 직결되는 운동 트레이너들이나, 대회 출전을 준비하는 선수들의 예시를 들 수 있겠다. 내가 헬스장에 다닐 때 나를 가르치던 트레이너도 평상시에는 적당히 운동하며 지내다가, 대회 출전을 앞두고는 식단을 타이트하게 조이곤 했다. 하루는 선생님 얼굴이 불어터진 만두처럼 팅팅 부어 왔길래 얼굴이 왜 그러냐고 물었더니, 대회가 끝나서 먹고 싶었던 피자를 먹었더니 이렇게 부었다고 하더라. 나트륨과 물까지 제한해서 섭취하다가 갑자기 속세의 음식이 들어가니 몸에서 적응을 못 하고 부은 거라고. 아니, 하다못해 몸 만드는 걸 업으로 삼는 사람들도 어떤 목표를 이루고 나면 먹고 싶었던 음식을 먹으며 스트레스를 푸는데, 대체 일반인들이 왜 그렇게까지 하면서 '건강하고 아름다운 몸'을 만들어야만 하나.

트레이너 선생님에게는 조금 미안하지만, 나는 그때 깨달음을 얻은 뒤 헬스 PT를 그만두었다. 헬스장에서 운동을 하다가 힘들어 죽겠다고, 도저히 못 하겠다고 우는 소리를 내면 사기를 충전시킨답시고 하는 "그럼 올 여름에 그냥 그 몸뚱이로 돌아다니시던가요~" 따위의 말에도 질린 참이었다.

그놈의 건강하고 아름다운 몸에 대한 현자타임이 온 것과는 별개로, 여전히 내 외모 강박은 나아질 기미가 안 보였다. 초반에는 그냥 체중을 줄여야겠다는 이상한 집착 하나 때문에 괴로웠다면, 이제는 조금 복합적으로 짜증이 나기 시작한 것이다. 아니, 애초에 내가 왜 그렇게 체중을 줄이려고 했지? 인바디 꼴 좀 보라지.

결국 내가 3년 동안 얻은 건 간신히 숨 쉬고 걸어 다닐 근육만 남은 몸 아닌가? 그런데 저 사람들은 속도 모르고 살을 어떻게 뺐냐고 묻네. 식욕억제제 다 갖다 버렸다니까 병원은 왜 소개시켜 달래? 이런 삐딱한 마음이 하루에도 몇 번씩 불쑥 치솟았다.

그때 의외로 도움이 되었던 게 코로나였다. 정확히 말하면 코로나 때문에 상시로 쓰게 된 마스크였다. 불행 중 다행이라고 해야 할지, 마스크를 쓰기 시작하면서 바뀐 세상에는 순기능도 존재하더라. 일단 마스크를 쓰고 다니기 시작하니 자연스럽게 메이크업을 피하게 되었다. 가끔 하고 싶은 날이 있기도 한데 막상 메이크업을 하고 밖에 나가면 마스크에 파운데이션이라도 묻을까 노심초사하는 스스로가 성가시게 느껴졌다. 꾸밈노동을 지양하자는 탈코르셋 물결에 이러한 흐름까지 가세하니 더 이상 민낯이 부끄럽지 않아졌다. 누군가가 "너 왜 쌩얼이냐"고 물으면 언제든지 "마스크 때문에 불편해서요"라고 대답할 핑계가 생긴 셈이다. 그렇게 조금씩 덜어내는 연습을 했다. 매달 주기적으로 받았던 젤네일도 하지 않게 된 지 오래이고, 트러블이 올라오면 그것을 가리기 위해 색조 화장품을 사는 대신 피부과에 갔다. 이제는 아직 반도 쓰지 않은 에스티로더 더블웨어 파운데이션의 유통기한이 임박해 버려야 할지 말아야 할지 고민하는 지경까지 왔다.

이렇게 작은 습관부터 조금씩 고쳐나가다 보면, 신기하게도 체중 따위는 아무래도 상관없는 것처럼 느껴지는 순간이 생긴다. 한때는 인생의 아주 많은 영역을 차지하던 것들이 나도 모르는 사이에 작아지게 된다. 가장 반가운 일은 이렇게 바뀌고 있는 사람이 비단 나 하나뿐은 아니라는 사실이다. 구독하던 뷰티 유튜버들이 하나둘씩 메이크업 튜토리얼보다는 마스크로 뒤집어진 스킨케어 루틴 콘텐츠를 올리는가 하면, '마스크에 묻지 않는 메이크업' 대신 '파운데이션을 바르지 않고 하는 메이크업'을 하기 시작했다. 얼마 전에는 좋아하는 운동 유튜버가 보디프로필을 촬영하고 난 뒤 섭식장애와 체중 강박이 생긴 여성들을 인터뷰한 콘텐츠를 보기도 했다.

나이가 들면 들수록, 생각보다 나는 안전하고 올바른 사람들 사이에서 사랑받고 살았다는 사실을 깨닫게 된다. 여고를 졸업하고 여초 집단인 문예창작학과에서 마음과 뜻이 맞는 친구들을 만났다. 세대 차이는 있지만 비교적 자유로운 분위기의 부모님 아래에서, 프리랜서로 벌어먹고 살았기 때문에 단 한 번도 사회에서 규정한 '정상적인' 20대 후반의 여성상에 스스로를 끼워 맞출 필요가 없었던 셈이다. 기껏해야 카페에서 바리스타로 아르바이트를 할 때, 목 뒤의 타투가 보이지 않도록 파인 옷은 입지 말라는 소리를 들었을 뿐이었다. 이마저도 대학교 근처 번화가의 카페에서 일을 할 때는 각자의 개성이니 상관없다며 존중받기도 했다.

처음으로 외모에 대한 지적을 들었던 것은 석사 2학기였다. 대학원 등록금을 충당하기 위해 대학교에서 행정 조교로 일하게 된 것이다. 학교라는 근무처가 비교적 딱딱한 분위기여서 그랬는지, 내가 들어간 부서만 유독 그랬는지, 둘 다였는지는 모르겠지만 그 무렵 나는 우리 부서의 유명 인사였다. 물론 좋은 의미에서가 아니다. 지금은 불편해서 빼버린 코 피어싱이나, 출근한 지 얼마 되지 않아 밝게 탈색한 머리카락, 규정 없이 자유롭게 입고 다녔던 옷차림 같은 것들 때문이었다. 머리색 때문에 "일에 불만이 있으면 말로 해라"는 이야기를 들은 적도 있고, 나를 외국인 유학생으로 착각해

서 "이 친구는 어느 나라 사람이냐"는 어이없는 질문을
받은 적도 있었다. 월급 받고 다니는 교직원도 아니고,
고작해야 최저시급도 안 되는 장학금 받겠다고 출퇴근
하는 행정 조교인데 그런 말까지 듣고 있자니 서러움에
혼자 눈물 훔친 적도 많았다.

　일이 워낙 힘들기도 하고, 어차피 똑같은 돈 받고
하는 거면 좀 더 한가한 곳에 지원하겠다는 대학원생들
이 많았던 터라 우리 부서에는 한 학기만 출근하고 그
만두는 조교가 대부분이었다. 사실 나만 해도 한두 달
차에는 그냥 다 그만두고 부업으로 돈이나 벌면서 다닐
까 몇 번을 망설였다. 시간이 지나면서 그 사람들이 나
한테 하는 소리에 별다른 악의가 없고, 그냥 평범한 그
나이대의 사고방식을 지녔을 뿐이라는 사실을 알게 되
었다. 그렇다고 그들이 한 말에 상처받은 지난 일이 사
라지는 건 아니지만, 사람이란 게 늘 그렇듯 나쁜 점이
있으면 좋은 점도 있기 마련이다. 겉보기에는 "록이나
헤비메탈을 하게 생긴" 내가 생각보다 성실하게 일을
잘하는 대학원생이었음을 깨달은 그들처럼, 그냥 다름
을 받아들이면서 적응하게 된 것이다.

　천지가 개벽해서 이 사회가 완전히 뒤바뀌지 않는

한, 이맘때의 여성에게 기대하는 외양의 잣대는 여전할 것이다. 나는 외모 강박을 벗어던지겠다고 그런 흐름에 완전히 반기를 들 만큼 대범한 사람이 아니다. 불편한 옷보다는 편한 옷이 좋고, 로퍼보다는 워커가 좋고, 타투와 피어싱이 좋지만, 어느 정도는 현실과 타협해가며 살아갈 필요를 느낄 뿐이다. 주변인들의 결혼식에 참석할 일이 많아지면서 거금을 들여 정장을 한 벌 맞춘다거나, 신발장에 운동화나 샌들이 아닌 구두를 하나 장만하는 일. 딱 그 정도의 노력만 있더라도 괜찮은 20대 후반이 되기로 했다. 그렇게 살다 보면 언젠가는 나보다 어린 친구들이, 나처럼 하고 다녀도 괜찮겠구나 하며 더욱 자유롭게 나이 들어갈지도 모른다는 상상을 하면 기분이 좋아진다.

# 추리닝과 사이즈의 상관관계

내 별명은 저승사자다. 사계절 내내 온통 검은색 옷만 입고 다녀서 종종 그렇게 불렸다. 왜 그렇게 블랙에 집착하냐고 묻는 사람들도 많았는데, 옷에 관심이 있는 사람이든 그렇지 않은 사람이든 저마다 선호하는 스타일이 있지 않은가? 그냥 내 눈에는 검은색 옷이 가장 멋져보였을 뿐이다. 옷장을 열면 온통 검은색이라 원하는 옷을 찾으려면 직접 손으로 옷감을 만져가며 재질이나 두께감을 확인해야 한다. 검은색 옷에서 잔먼지는 또 어찌나 많이 나오는지, 계절마다 옷장 정리를 하고 나면 발바닥이 새까매지고 바닥에도 매번 물걸레질을 해야 한다. 그렇다고 검은색 옷이라면 무엇이든 다 좋아하는 건 아니다. 한때는 롱코트에 미쳐 한겨울에도 패딩 대신 코트만 고집하며 다녔고, 간절기에만 몇 번 입고 마는 레더재킷을 종류별로 사 모으다가 결국 한두 개를 제외하고는 전부 당근마켓에 떨이 처분을 한 적도 있다.

요즘 꽂힌 아이템은 추리닝이다. 추리닝이라는 게 생각보다 허용 범위가 넓고 베리에이션이 무궁무진해서 사 모으는 재미와 입는 재미가 꽤 좋은 복장이다. 우븐, 저지, 면이 가장 흔한 소재지만 최근 들어 2000년대 초반에나 많이 보이던 벨벳 재질의 셋업도 다시 유행하는 것 같다. 겨울용 추리닝에는 양털처럼 폭신한 플리스까지 추가되니 그야말로 사계절 내내 믹스매치하기 좋은 아이템이라고 할 수 있겠다.

간혹 내가 추리닝을 좋아한다고 말하면, "아~ 애슬레저룩?" 하고 되묻는 사람들도 많은데, 나는 그 둘에는 아주 중대한 차이가 있다고 생각하는 편이다. 트레이닝복에는 애슬레저룩과 추리닝이 모두 포함될 수 있겠으나, 애슬레저룩을 추리닝이라고 착각해서는 안 된다. 그 둘의 TPO가 달라도 너무 다르기 때문이다.

나는 애슬레저룩과 추리닝의 구분 기준을 '배에 힘

을 주는지 안 주는지'의 여부로 규정하고 있다. 추리닝의 대표 주자 격인 면 소재의 회색 조거팬츠를 예로 들어보자. 이 옷을 줄여서 '회추'로 부르겠다. 회추 위에 블레이저를 입고, 핸드백이나 힐을 갖춘다면 그건 애슬레저룩이지 추리닝이 아니다. 회추 위에 크롭티를 입고 가죽 워커를 신었다면 그것 역시 추리닝이 아니다. 두 가지의 경우 모두 신체의 불편함을 전제로 한 패션이기 때문이다.

추리닝의 기본 전제에는 '몸이 아주 편한' 상태가 필수적으로 동반되어야 한다. 비슷한 듯 다른 맥락으로 섹스 어필 의도의 유무로도 나눌 수 있겠다. 추리닝을 입은 사람을 섹시하다고 생각하는 취향이 있을 수는 있지만, 대개 성적인 매력을 어필하기 위한 복장으로 추리닝을 선택하지는 않기 때문이다.

나는 '꾸안꾸' 패션이야말로 꾸밈노동의 극한에 위치한 패션이라고 생각하는 사람이다. 꾸미고 꾸미다 못해서 이제는 '안 꾸민 것처럼' 자연스럽게 꾸며야 하는 경지에까지 이르렀기 때문이다. 추리닝이란 건 바로 이 꾸안꾸의 영역과는 완전히 극단에 위치한 옷차림이다. 꾸미지 않으면 않을수록 그 매력이 살아나는 옷이기 때문이다. 보정이 불가능하기 때문에 체형의 장단점을 고스란히 내보일 수밖에 없지만, 그럼에도 불구하고 너무나 편안해서 도저히 버릴 수가 없는 꿈과 환상의 옷. 그게 바로 내가 생각하는 추리닝의 정의다.

소녀시대가 스키니진에 흰 티를 입고 노래 부르던 그 시절, 남녀노소 할 것 없이 수많은 이들의 로망이 베이직한 흰 티에 청바지 조합이었다. 나의 추리닝에 대한 집착도 비슷한 맥락이라고 생각한다. 전혀 신경 쓰지 않았지만, 그것만으로도 멋져지기 위해서는 옷 안에 들어 있는 사람이 완벽해야 하니까. 요컨대 체형의 문제라는 말이다. 추리닝의 매력은 자연스러움이다. 인간이 타고난 피지컬 그 자체의 영향을 가장 많이 받는 옷이다. 다리가 길어 보이기 위해 하이라이즈나 크롭탑을 입는 꼼수가 통하지 않는 옷. 너무 마르면 마른 대로, 너무 쪘으면 찐 대로 핏이 어중간해지는 옷. 예를 들어, 남성들이 어깨가 넓어 보이겠다고 네오프렌 재질의 후디나 맨투맨을 입고 그 위에 라이더재킷을 껴입는다고 해서 추리닝이 될 수는 없다. 굽이 높은 신발도 어울리지 않는 건 당연하다.

대개 '옷을 잘 입는다'고 평가받는 사람들은 단순

히 그 시대에 유행하는 아이템을 잘 걸친 사람들이 아니다. 물론 트렌드에 적당히 발맞추어 자신만의 스타일로 소화시키는 능력이 있다면 금상첨화겠지만. 진짜 옷을 잘 입는 사람, 패셔너블한 사람들은 본인이 가지고 있는 무드의 장단점을 파악하고 그에 맞는 스타일링을 할 줄 안다. 하지만 그 이전에 가장 중요한 건 자신의 몸의 생김새에 잘 맞는 사이즈의 옷을 입는 것이다. 옷의 가격, 마감의 퀄리티, 원단, 브랜드 그런 부가적인 것들은 나중의 문제이다. 누군가에게는 몸에 딱 붙는 핏의 옷이 최선일 수 있고, 또 다른 누군가에게는 아메카지처럼 맥시한 오버사이즈핏이 어울릴 수 있다. 아무리 비싸고 좋은 옷을 입어도 남의 옷을 빌려 입은 것처럼 몸에 붕 뜨게 느껴진다면 소용이 없다는 뜻이다.

내가 만든 독립 문예지 〈모티프〉는 문학이라는 텍스트 예술을 패션 화보로 재해석하여 시각적인 장치를 곁들이는 것이 주된 콘텐츠 중 하나였다. 평소에도 옷에 관심이 많기는 했지만 정식으로 패션에 대해 배운 사람은 아니기에 화보 촬영을 시작하며 스타일링에 대한 공부를 필수로 해야만 했다. 포토 디렉팅을 맡은 친구 유카와 함께 화보 콘티를 짜면서, 매호 청탁을 맡긴 소설가나 시인들의 이미지와 어울릴 만한 스타일을 찾았다. 대략적인 코디네이션이 나오면 만들어진 스타일링 콘티를 전문 스타일리스트에게 넘겼고, 스타일리스트가 콘티에 맞는 의상과 아이템을 협찬받아 촬영 당일 모델들에게 입히는 식이었다. 꼭 넣고 싶은데 구하기 어려운 소품들은 직접 예산 안에서 구매를 하거나 재료를 사서 제작하기도 했다.

초반에는 모델 에이전시와 직접 얘기하며 전문 모델들을 주로 썼다. 나는 여자치고는 키가 많이 큰 편이라 어렸을 땐 친척 어른들에게 "커서 모델 해라" 같은 소리를 자주 듣곤 했는데, 이 일을 하면서 그동안 내가 들어왔던 그 빈말들이 얼마나 허황된 소리였는가를 체감하게 되었다. 키가 큰 것도 물론 큰 건데, 그 사람들을 직접 만나보면 뭐랄까 단전에서부터 "와… 진짜 사람인가?" 같은 감탄사가 절로 올라오곤 했다. 얼굴이 너무 작은데 그 작은 얼굴 안에 눈코입이 꽉 차 있고, 팔다리가 너무 길어서 도저히 주체가 안 될 것 같은데 콘티에 그려진 포즈들을 귀신같이 따라주는 것이다. 앞에서 루키즘에 대해 잔뜩 비판해놓고 별안간 전업 모델들에 대한 감탄을 늘어놓고 있자니 나 스스로도 조금 머쓱해지기는 하는데, 어쨌거나 그 사람들은 나랑 같은 호모사피엔스사피엔스라는 사실이 안 믿길 정도로 경이로운 존재였다.

이런 사람들에게는 정말 뭘 입혀도 그림이 됐던 터라, 오히려 한국 소설에 나오는 등장인물들이 너무 미화되는 게 아닌가 싶었다. 아무리 헐렁하고 큰 사이즈의 옷을 구해다가 입혀봐도 딱히 효과는 없었다. 생각해보면 종족이 다른 것처럼 느껴질 정도로 뼈대 자체가 유별난 사람들인데, 국내 도메스틱 브랜드부터 온갖 해외 브랜드들이 기성복을 광고하기 위해 이런 모델들을 기용하는 게 무슨 의미가 있나 싶기도 했다. 어차피 저 옷을 사서 입을 사람들 대부분은 일반인일 텐데, 저런 화보가 브랜딩 외의 다른 효과를 가져다줄 수 있긴 한가? 그런 의심이 들기 시작한 것이다.

사실 패션이라는 게 산업화와 자본주의, 외모지상주의의 폐단을 총망라해 놓은 업계나 다름이 없다. 서바이벌 프로그램 〈도전! 수퍼모델 코리아〉의 우승자로 스타덤에 올랐던 세계적인 슈퍼모델 최소라는 인스타그램을 통해 자신의 키와 몸무게가 179센티에 47킬로임을 밝히면서, 패션위크가 열리면 4주 넘게 단 한 끼도 먹지 않고, 물만 마시면서 다이어트를 한다고 쓴 적이 있다. 그리고 글의 말미에는 "여러분 저는 모델이라는 직업을 가진 사람입니다. 일반인이 아닙니다. 그러니까 다이어트는 필수고요. 저처럼 빼지 않으셔도 돼요. 아니, 저처럼 빼지 마세요."라고 덧붙였다. 예능 프로그램 〈유퀴즈〉에 출연했을 때에도 비슷한 이야기를 했는데, 도저히 일상생활이 불가능할 정도로 몸이 아픈데 캐스팅 디렉터나 디자이너들은 그런 '아픈 몸'을 보고 아름답다고 칭찬했다고 한다.

물론 하이엔드 브랜드들도 최근에는 추세에 맞게 조금씩 PC한 방향으로 변화하고 있기는 하다. '구찌'는 2020년 S/S 시즌 런웨이에서 정신병원과 환자들을 연상시키는 의상을 선보인 적이 있다. 모델들은 끈이나 벨트 같은 것들로 몸이 묶인 채 워킹 없이 컨베이어벨트 위에 서서 관객들에게 전시되었다. 쇼에 참가했던 모델 중 하나인 아이샤 탄 존스는 이를 비판하기 위해 "정신 건강은 패션이 아니다(Mental health is not fashion)"라는 문장을 쓴 양 손바닥을 런웨이 위에서 펼쳐 보이기도 했고, 이 파문은 전 세계적으로 화제가 되어 퍼져나갔다. 지나치게 마른 몸을 유지해야만 커리어를 이어갈 수 있는 모델들에게 폭식증이나 거식증은 그리 먼 세계의 질병이 아닐 텐데, 이런 콘셉트로 쇼를 기획하는 과정에서 아무도 이를 지적하지 않았다는 게 기이하기 짝이 없다.

그러던 구찌가 같은 해 하반기에는 새로운 뷰티 모델로 엘리 골드 스테인을 기용했다. 이 소식이 유독 충격적이었던 이유는 엘리가 선천적으로 다운증후군을 앓고 있는 모델이기 때문이다. 지금에야 장애인 모델을 적극적으로 기용하고 있는 브랜드가 비단 구찌 하나뿐은 아니지만, 바로 이전 시즌에서 정신병동을 대상화한 쇼를 올린 브랜드에서 이러한 결정을 내렸다는 사실이 시사하는 바는 크다. 주변의 질타와 반응을 수용하고 변화하고자 하는 의지를 단편적으로나마 보여준 사례이기 때문이다. 개인적인 입장에서는 꽤 위선적이고 투명한 전략처럼 보여서 호감이 가지는 않았지만, 어쨌거나 사회적으로 물의를 일으킨 사건에 대해 귀 막고, 입닫고 있는 브랜드들보다는 훨씬 낫지 않은가.

돈을 아주 많이 벌어서 내 몸에 딱 맞는 옷을 맞춤

제작할 수 없는 한, 우리는 언제나 기성복 브랜드의 사이즈 기준으로 스스로를 판단할 수밖에 없다. 외국의 SPA 브랜드나 나이키, 아디다스 같은 글로벌한 브랜드들은 이미 다양한 사이즈의 모델을 적극적으로 기용하여 룩북을 찍고 있다. 세상에는 아주 많은 사람들이 살고 있고, 모두가 자신의 몸에 맞는 옷을 골라 입을 권리가 있다. 당연한 말이지만, 이런 변화가 있기 전까지 나는 늘 '빅사이즈'라는 라벨이 붙는 옷만을 찾아 입어야 했다. 옷을 좋아했지만 백화점이나 아울렛에 가서 직접 피팅해보고 옷을 사는 일이 무서웠기 때문이다. 어느 브랜드의 매장에 들어가 내게 맞는 옷이 없다는 사실을 직접 듣고 나면 너무나 창피했다. 내가 살이 찌고 덩치가 큰 탓인 것처럼 느껴졌다. 기성복을 입지 못하는 내 몸이 싫었다.

내가 우리나라의 기성복, 그것도 여성복 사이즈의 기준이 불합리하다는 사실을 깨달은 것은 그로부터 오랜 시간이 흐른 뒤였다. 체중에 대한 강박이 생기고, 혹독한 다이어트를 거쳐 표준 체중에까지 도달하고 났을 때 인터넷에서 '나는 다이어트 성공하면 입고 싶었던 옷을 마음껏 사 입을 거야'라는 글을 자주 봤었고, 나 역시 그럴 거라고 생각했다. 하지만 전혀 아니었다. 여전히 인터넷 쇼핑몰이나 여성복 매장에서 '내 몸에 맞는 옷'을 찾을 수는 없었다. 여기서 내가 말하는 '몸에 맞는 옷'이란 그냥 팔다리가 들어가고 단추만 잠기면 되는 게 아니다. 내 몸에 예쁘게 어울리고, 그 옷의 모양을 온전히 살릴 수 있도록 피팅감이 좋은 옷을 찾고 싶었던 거다. BMI 지수 기준으로 비만이었을 때에도, 과체중이었을 때에도 들어가는 옷이 없는 건 아니었다. 내가 원했던 건 '고작' 그런 게 아니었다는 뜻이다.

스몰, 미디엄, 라지, 엑스라지. 여성복 쇼핑몰에서는 그 어떤 사이즈의 옷을 사 입어도 마찬가지였다. 품이 맞으면 길이가 짧았고, 길이가 맞으면 어깨선이 좁아서 겨드랑이에 소매가 꼈다. '유니섹스'라고 통칭되는 남녀공용 의류를 입어야 하는 건 살이 쪘을 때나 빠졌을 때나 똑같았다. '프리 사이즈'도 마찬가지다. 대체 누굴 위한 프리인 건지, 이 프리 사이즈가 진짜로 다른 여자들에게는 전부 맞는 건지 알 수가 없었다. 의류 패턴을 만들고 옷을 뽑아내는 공장에서는 이런 사이즈를 대한민국 여성 표준이라고 생각하고 있다는 말인가? 그냥 내 키나 체형의 문제인가 싶어서 주변 친구들에게 물어봐도 마찬가지였다. 프리 사이즈를 정말로 프리하게 입는 여자들은 열에 서넛이었다.

이런 괴리감은 인터넷 보세 쇼핑몰이나 브랜드 편집숍 말고, 백화점 기성복 매장에서 더욱 강렬하게 느껴졌다. 경조사를 위해 번듯한 정장을 하나 사야 할 때가 있었는데, 내가 원하는 스타일이 크게 특이한 것도 아니었다. 그저 포멀한 재킷과 부츠컷 슬랙스를 입고 싶었다. 하지만 여성복 매장에서는 스몰이나 라지 대신 44, 55, 66, 77 택이 달린 옷들이 대부분이었다. 44는 언뜻 봐도 어림없고, 55는 아예 어깨가 들어가지 않았고, 66은 너무 꼭 맞았으며, 77은 취급조차 하지 않는 매장이 한 바가지였다. 재킷이랑 바지를 각각 따로 사는 게 너무 피로하게 느껴져서 결국엔 그냥 긴 재킷처럼 생긴 원피스 정장 한 벌을 샀다. 이것도 썩 마음에 드는 건 아니었지만 당장 다음 주에 입을 일이 있었기 때문에 어쩔 도리가 없었다.

그날 집에 돌아와서는, 대체 이 44, 55, 66, 77 사이즈가 무슨 기준으로 만들어진 건지 검색해보았다. 2009년 발행된 기사를 찾았는데, 그 기사에서 말하기를 44, 55, 66, 77 사이즈는 1980년대에 제정된 의류 제품 기준의 치수 호칭이라는 것이다. 당시 한국 성인 여성의 평균 키가 155센티, 평균 가슴둘레가 85센티였는데, 이 두 치수의 끝자리 5를 따서 만든 '한국 여성 평균 사이즈'가 55라고 한다. 무려 40년 전에 만들어진 치수를 아직까지도 여성복 표준으로 삼고 있다는 것도 황당한데, 성인 여성 평균 키가 10센티 가까이 커진 2021년에도 사람들은 여성복 '55'를 보통 체격이 입는 것으로 여기고 있다는 게 더 어이가 없었다. 여성복을 입어볼 일 없는 남자들이라면 더욱 그렇게 생각할 것이다. 여성복을 살 엄두도 내지 못했던 예전의 내가 그랬듯이.

　나는 요즘 삼각팬티 대신 여성용 드로즈를 눈여겨보고 있다. 혈액순환이 잘 되어 건강에도 좋고 삼각팬티보다 훨씬 편안하다는 이야기를 들었기 때문이다. 규격화된 여성용 속옷을 탈피해서 '자유롭고 편안한' 속옷을 만들고 있다는 어느 브랜드의 사이즈표가 SNS에 캡처되어 떠돌아다닌 적이 있다. 그 브랜드의 여성용 트렁크는 FREE와 XL, 단 두 사이즈로 나뉘는데 여기에 붙은 설명이 가관이었다. FREE는 44-55 사이즈를 입는 여성에게, XL는 55-66 사이즈를 입는 여성에게 권장하는 사이즈라는 것이다. 이제는 하다 하다 55-66 사이즈를 'extra-large'로 표시하는 시대가 된 걸까?

어쨌거나 여기까지 와서 분명한 것은 단 한 가지다. 그때나 지금이나 결국 문제인 건 내 몸이 아니었다는 것. 이 불합리하고 불평등한 기성복의 사이즈 표기법 때문에 불편을 겪는 수많은 사람을 투명인간 취급하고, '프리 사이즈'가 맞지 않으면 '뚱뚱한' 것처럼 느껴지게 만든 이들에게 책임을 전가할 때가 왔다는 것이다.

# 몸과 마음의 균형 맞추기

'건강한 게 최고야' '튼튼하게만 자라다오' 같은 말들이 폭력적으로 느껴지기 시작한 게 언제부터였을까. 내게는 선천적으로 장애가 있는 사람을 곁에 둔 친구들이 있다. 친구들은 그들과 대화하기 위해 수어를 배우거나, 점자 읽는 법을 익히거나, 같은 이야기를 천천히 명료하게 말하는 법을 깨우치며 살았다. 텔레비전에 나오는 기부 단체의 광고를 보며 부모님은 "네가 건강하게 자라서 참 다행이다" 하며 안도하기도 하고, 나 역시 그렇다고 여겼던 때가 있었다.

최근 들어 자주 모이게 되는 조합이 있다. 나를 포함한 세 명의 모임을 우리는 '비정상회담'이라고 이름

붙였다. 한 번쯤은 정신과에 가본 적 있고, 저마다 먹어야 하는 약이 다른 사람들이다. 그런 우리에게 참 잘 어울리는 이름이 아닌가. 그래도 우리는 꽤 즐겁게 살고 있다. 일주일에 6일을 연달아 술을 마신 적이 있는가 하면, 만나서 술 한 모금도 입에 대지 않고 조용히 밥만 먹다 헤어진 적도 있다. 우리는 서로의 약 시간을 대신 챙겨주고, 상담에 다녀온 날이면 후기를 공유하고, 좋은 책을 만나면 아무렇지도 않게 선물한다. 케케묵은 일기장을 들고 와 나누어 읽으면서, "너 정말 잘 컸네. 훌륭한 어른이 됐네." 하고 농담처럼 얘기할 수 있는 사람이 가까이에 있다는 건 생각보다 큰 위로가 되더라.

나는 어렸을 때부터 별다른 예방접종 없이도 잔병치레나 유행병 한 번 앓아본 적 없는 강골이었다. 병원에 입원해본 것도 상한 게장을 잘못 먹고 탈이 났을 때, 동생과 싸우다가 코뼈가 부러졌을 때 단 두 번뿐이다. 원래 가진 자는 없는 자의 서러움을 모르는 법이라, 나는 이런 체질이 축복인 줄 모르고 살았다. 나는 왜 이렇게 시력이 나쁠까, 난 왜 이렇게 치아가 약할까, 난 왜 아토피가 있을까, 내게는 없는 것들을 부러워하면서 많은 시간을 허비했다.

2016년 여름을 기점으로 유일한 자랑거리였던 몸의 건강이 급속도로 나빠지기 시작했다. 짧은 시간 내에 살이 내리고, 불규칙적인 식습관 때문에 내장기관도 망가졌다. 역류성 식도염과 위염을 달고 살게 되었고 면역력이 약해지면서 간절기가 되면 몸살이 찾아왔다. 우울증을 앓고 있는 사람들에게 가장 중요한 건 일상생활의 루틴을 정립하는 것이라고들 한다. 단순히 일찍 자고, 일찍 일어나는 아침형 인간이 되라거나, 하루를 성실하고 알차게 보내라는 게 아니라 나만의 일상적인 규칙을 만들어야 한다는 뜻이다. 정해진 시간에 일어나 몸을 씻고, 가볍게 움직이고, 꼬박꼬박 밥을 챙겨 먹기만 하면 되는데, 그게 너무나 힘들고 괴로웠다. 일단 일어나서 뭐라도 하면 그 다음을 이어갈 수 있을 것 같은데 침대에서 몸을 일으키고 화장실에서 거울을 보며 샤워를 하기까지가 그렇게 어려울 수 없었다.

아마 무기력과 우울을 겪어본 사람이라면 공감할 것이다. 누군가에게는 정말 별것도 아닌 일들이 죽을 만큼 괴롭고, 그런 스스로에게 질려 더 깊은 우울에 빠지는 것. 이 악순환의 굴레를 끊어내고 싶다가도 가끔씩은 "굳이 끊을 필요가 있나? 그냥 이대로 콱 죽어버

리면 안 되나?" 하는 극단적인 충동에 사로잡히기도
했다.

　　우울증을 앓고 있던 유명 아티스트가 결국 숨진 채
발견되었다는 뉴스가 전국을 뒤흔들던 때였다. 그때 그
의 나이가 딱 지금의 내 나이였다. 엄마는 TV를 보며
"죽을 용기가 있으면 그걸로 뭐라도 해보고 살 생각을
해야지."라며 안타까워했다. 엄마, 세상에는 생각보다
살아갈 용기를 갖는 게 힘든 사람들이 많아. 이 말을 할
까 말까 망설이다 그만두었다. 그가 평소에도 예술적인
사람으로 유명했기 때문인지, 우울증 때문에 20대의 스
타가 세상을 등졌다는 소식이 꽤 충격적이었기 때문인
지, 그때 유독 오랜만에 나의 안부를 물어오던 지인들
이 많았던 것으로 기억한다. 지금 돌이켜보면 내 곁에
그만큼 나를 생각해주는 사람들이 많다는 의미였는데,
그때는 그런 연락들이 전혀 달갑지가 않았다.

　　그 무렵 나는 대학교를 다니며 작은 개인 카페에서
아르바이트를 하고 있었다. 가만히 앉아 머리를 쥐어짜
며 자판을 두드리는 일에 고역을 느끼던 시기였다. 글
이 안 써졌고, 쓰기 싫었고, 마음에도 없는 글로 돈을

벌기도 싫었다. 카페에서 일하는 시간은 유일하게 머리가 쉬는 시간이었다. 온갖 잡생각 때문에 잠을 설치고, 생각이 너무 많아서 제발 누가 머릿속 스위치를 내려주었으면 하고 괴로워하던 날들이었다. 정해진 레시피 대로 원두를 갈고, 커피를 내리고, 들어온 주문에 맞게 음료를 만들다 보면 마음이 편해졌다. 정작 나는 커피의 향이나 맛도 잘 모르고 그저 시원한 아메리카노면 다 좋은 입맛이지만, 커피를 내리고 만드는 일은 적성에 맞았다. 일이 끝나면 옷이나 머리에 온통 배어 있는 커피 냄새도 좋았고, 눈에 익은 손님들과 나누는 안부 인사도 좋았다.

여름이라 빙수를 찾는 손님이 많았던 어느 주말, 마감 정리가 끝나고 불 꺼진 카페의 문을 잠그면서 문득 이런 생각을 했다. 새 원두 봉지를 뜯었을 때, 스팀이 곱게 잘 쳐졌을 때, 눈대중으로 블렌더에 넣은 얼음이 한 번에 정량일 때, 손님이 없어서 심심한데 마침 아이스 카푸치노 주문이 들어왔을 때, 배송 올 때 가끔 커피를 얻어 마시던 택배 기사 아저씨가 휴가를 다녀왔다며 선물을 사 왔을 때, 엄청 특이한 조합으로 커스텀을 해 먹는 단골손님이 오랜만에 출석했을 때. 이런 아주 소소한 것들로부터 행복을 느낄 수 있구나. 그동안 행복을 느끼고 있었구나. 어쩐지 마음이 찡해져서 집까지 걸어가는 내내 코를 훌쩍였다.

그러던 어느 날에 갑자기 친한 언니가 나의 퇴근 시간에 맞추어 카페를 찾아왔다. 근처에서 볼일을 보고 돌아가려는데 내가 일하는 곳이 마침 이 동네였다는 게 떠올랐다고 한다. 별다른 약속이 없으면 저녁 겸 술이나 한잔하는 게 어떻냐길래, 싫다고 집에 보내기도 뭐해서 알겠다고 했다. 같은 상가 1층에 있는 실내 포차에 가서 닭발에 소주를 시켰다. 언니는 술을 잘하는 편은 아니었는데, 그날따라 급하게 마시더니 술자리가 시작된 지 한 시간 만에 취하고 말았다. 그때까지 우리는 서로의 근황에 대해 말하며 별 영양가 없는 신변잡기식 대화를 이어갔다. 취한 언니는 한참이나 말이 없다가 대뜸 얼마 전에 죽은 아티스트 이야기를 꺼냈다. 나를 만난 후로 줄곧 하고 싶은 말도 그것이었으리라.

"내 동생이 걔 팬이었잖아."

"응. 알지. 충격 많이 받았겠다."

"며칠 내내 울고 난리였는데, 내가 그때 말실수를 했거든?"

"뭐라고?"

"그냥, 부족한 거 하나 없는 애가 왜 그랬는지 이해가 안 된다고."

언니의 말에서 뉴스를 함께 보던 엄마가 떠올랐다. 그리고 나는 언니의 동생이 했을 말을 어렵지 않게 짐작할 수 있었다. 나는 대충 이런 식으로 대답했던 것 같다. 아마 부족한 게 없어서 더 힘들었던 게 아닐까? 더 이상 노력하거나 성취한다고 해서 나아질 거란 희망이 없으니까, 그래서 그랬던 게 아닐까? 언니는 술 취한 사람이 대개 그렇듯 대중없이 동생과 자신이 나누었던 대화나, 본인의 심경이나, 동생에 대한 험담을 늘어놓다가 내게 말했다.

"원래 예술 하는 사람들 중에서는 그런 사람들 많다면서? 나는 진짜 살기 힘들고 막막해도 한 번도 죽고 싶다는 생각, 아예 죽는다는 생각 자체를 해본 적이 없어서 잘 모르겠어. 무슨 기분인지, 왜 그런 건지 감도 안 오는데 인터넷에 검색해보니까 그렇대. 근데 내 주변에 예술 하는 사람이 너밖에 없잖아. 그래서 네가 생각났어."

비슷한 이유로 내게 안부를 묻던 사람들의 카톡이

생각났다. 너무 성의 없게 대답했던 것 같다는 생각도 들었다. 예술을 한다고 전부 우울증을 앓는 것도 아니고, 예술을 하는 사람이 아니더라도 언니의 주변에 우울증을 앓고 있는 사람이 있을지도 모른다. 하지만 어쩐지 언니의 말을 들으면서 어떤 장면이 그려졌다. 우울증을 그저 아주 슬퍼지는 병이라고만 알고 있는 언니가 동생과의 언쟁을 후회하며 포털사이트 검색창에 '우울증'을 써넣는 장면. 이것저것 클릭해보다가 아티스트가 죽은 원인에 대해 어림짐작하는 기사를 읽었을지도 모르겠다. 자신은 살면서 한 번도 느껴보지 못했던 감정을 이해하기 위해 나름대로 노력하고 노력하다가, 불현듯이 예술을 한다던 아는 동생이 떠올랐을 것이다. 그래서 나의 일터에 굳이 찾아와놓고, 거절당할지도 모를 술자리를 권유했겠지. 막상 얼굴을 마주 보고는 말할 자신이 없어서 망설이다가 술김에 네가 걱정된다고 털어놓는 거겠지.

그렇게 생각하고 나니 언니의 마음이 선명하게 만져지는 기분이었다. 고르고 고른 말 속에 놓인 날것의 마음. 부끄러움이나 어색함, 민망함 같은 것들을 전부 이기고 여기까지 찾아오게 만들었을 언니의 걱정과 진심이.

그날 우리는 술집이 문을 닫을 때까지 마셨다. 이미 취한 언니 대신 내가 남은 소주를 비웠다. 언니에게 우리 집에서 자고 가는 게 어떻겠냐고 물었지만 언니는 다음 날 출근을 해야 한다며 사양했다. 나는 언니를 택시에 태워 보내면서 걱정해줘서 고맙다고, 여기까지 와줘서 고맙다고 인사했다. 제대로 기억이나 하고 있을지는 모르겠지만.


트위터를 하며 익명의 불특정 다수에게 질문을 받을 수 있는 애스크(ask.fm) 창을 열어두었는데, 들어왔던 질문 중 가장 기억에 남는 게 하나 있다.

"당신이 질투심에 저질렀던 최악의 행동은 무엇인가요?"

내가 질투했던 수많은 이들을 머릿속으로 떠올려보았다. 나보다 어린 나이에 등단한 소설가, 함께 수업을 듣다가 데뷔한 작사가, 유복한 집안과 화목한 가정에서 사랑받고 자란 티가 나던 후배. 아주 오래전으로 거슬러 올라가, 과고영재반에서 결국 과고 진학에 성공했던 어느 영재 친구. 수업을 들을 때에만 뿔테 안경을 쓰던 단발머리 그 애는 키가 작고, 청바지와 반팔 칼라 티셔츠를 즐겨 입었는데, 주변에 언제나 사람이 모이는 타입이었다. 그리고 어째서인지 나를 많이 싫어했다. 그땐 그게 이상하지 않았다. 누군가가 나를 싫어하는 이유쯤이야 당연히 있겠지. 그렇게 생각했다. '진짜'인 그 애의 눈에 '가짜'인 나는 미운 오리 새끼나 모난 돌처럼 보였겠지. 그런 기억들까지 눈앞으로 불러낸 끝에야 나는 그 애스크에 답을 할 수 있었다.

"내가 좀 더 잘난 사람이 되기 위해 노력하기."

'나는 아무것도 아니다' 어렴풋이 그런 생각이 들 때면 언제나 두려웠다. 나라는 존재가 당장 사라져도 그만일 뿐인, 어쩌면 사라지는 편이 더 나을지도 모르는 먼지 부스러기 같았다. 내가 무언가를 하고 있다는 사실 자체가 유의미하긴 할까? 남 탓 대신 내 탓을 하는 게 더 편했다. "네가 아무것도 아니어도 상관이 없다" "아무것도 아닌 사람이어도 괜찮다" "세상 사람들은 원래 다 그렇게 산다" 이런 말 해주는 사람이 아무도 없었거든.

내게 기대하지 말고, 누군가에게 깊이 기대지 말고, 그럭저럭 어떻게든 닥치는 대로 해 나가는 삶을 살다 보면 언젠가는 그런 날이 올까? 나의 재능이나 껍데기나 결과물 말고, 내가 했던 수많은 선택과 시도를 사랑할 수 있게 되는 날이 올까? 스스로가 아무것도 아닌 것 같다고, 아무도 자신을 사랑해주지 않더라도 이유를 캐묻고 싶지 않다고 우는 누군가에게 '너는 아무것도 아니지만, 아무것도 아니어도 괜찮다'고 말해줄 수 있는 순간이 올까? 한때 아무런 가치 없이 그저 흘려서 버렸을 뿐이라고 믿었던 내 과거가 누군가에게는 길이나 문이 되어줄 수 있을까.

　만약 그렇다면 나는 아무것도 아니어도 될 것 같다.
　요즘은 그런 생각을 한다.

1    2014년 민음사에서 나온 후루이치 노리토
시의 책《절망의 나라의 행복한 젊은이들》
의 제목을 인용했다.

# 아포칼립스에 끌리는 이유

지난 학기에는 평소에 관심이 있던 수업을 듣기 위해 다른 대학원의 협동과정으로 학점 교류를 신청했다. 학부 시절부터 쭉 창작 위주의 수업을 들었던 나로서는 대단히 큰 결심이었는데, 인류학과 철학과 문학이 복합적으로 얽힌 포스트 휴머니즘에 대한 강의였기 때문이다. 과연 내가 이 수업을 듣는다고 해서 절반이나 알아들을 수 있을까 하는 의심과 영어 성적이라곤 학부 졸업을 위해 땄던 토익 점수 7oo점뿐인데 괜찮을까 하는 불안에 개강 후 한 달 정도는 거의 초주검 상태였다. 그때 비공개 블로그에 마구잡이로 적어둔 일기 상태를 보면 내가 얼마나 멘붕이었는지 알 수 있다.

"사실 OT 절반쯤 지났을 때 기가 다 쇠약해져서 그냥 드랍해야지… 다짐했다."

"귀신같이 교수가 절대 드랍하지 말라고 했다."

"얼굴에서 티가 많이 났나 보다… 앞으로는 마스크를 쓰고 들을까…?"

"주변 사람들이 별안간 이 대학원으로 학점 교류를 가겠다는 나에게 대체 왜 그런 거냐, 니가 그렇게 공부하는 걸 좋아했냐부터 시작해서 대가리에 총 맞은 거 아니냐는 소리까지 했었는데 그때 그 말을 들었어야 했다."

"공부는 하면 되는데 수업 자료 전반을 영어로 가져올 줄은 몰랐지…"

"명문대 구경이나 가보고 싶단 마음에 대면 수업 기대했는데 비대면이라 얼마나 다행인지 몰라. 울고 싶으면 카메라 끄고 울면 되니까…"

더 가관이었던 건 발제 순서를 정할 때 유일한 한글 번역서가 있길래 대뜸 손부터 들었는데, 그게 무려 미셸 푸코의 책이었던 것이다. 당장 3주차에 발제를 해야 하는데, 한참 《안전, 영토, 인구》 발제를 준비하던 중에 미셸 푸코가 아주 오랫동안 아동들을 성착취와 성매매의 대상으로 삼아왔다는 기사가 떴다. 정말이지 눈앞이 깜깜해졌다. 푸코 스스로 수없이 언급해왔던 윤리적 주체로서의 자유가 그저 휴지 조각으로 전락한 순간이었다. 그의 논의들이 아직까지도 유효한지 그렇지 않은지의 여부를 논하는 건 내가 할 일이 아니라고 생각하니 차치하고서라도, 프랑스인이었던 그가 프랑스의 식민지였던 튀니지의 아동들을 성적으로 착취해왔다는 사실이 너무도 저열하고 끔찍하게 느껴졌다.[2]

해당 강의의 교수님은 미셸 푸코가 저지른 일에 대해 일방적으로 비난하거나 감싸는 대신 기존의 커리큘럼대로 수업을 진행했다. AI 출현 이후의 휴머니즘에 대해 논하는 포스트 휴머니즘을 듣고 있지만, 그 당시의

---

2   최초 폭로자는 프랑스의 비평가 기 소르망이다. 그는 자신의 신작 에세이집 〈Mon dictionnaire du bullshit〉(Grasset, février 2021)을 내며 푸코가 아동성범죄자였다고 언급했으나, 이후 해당 발언을 철회한 바 있다. 현지에서는 기 소르망의 주장에 반박하는 검증 기사가 발표되기도 했으며, 기 소르망의 폭로는 신작을 위한 노이즈 마케팅일 것이라는 여론이 지배적이라고 한다. 당시 수업을 듣고 있던 중에 접했던 해당 논란에 큰 충격을 받았던 것은 사실이므로 주석을 달아 명시한다.

나는 여러 가지 문제로 인류애를 전부 상실한 상태였기에 별 의욕이 나지 않았다. 정말 듣고 싶었던 강의였던 것과는 달리 초반의 열정이 조금 식은 상태로 수업을 듣던 내게 어떤 전환점이 되었던 순간이 있었다. 정확한 문장이 기억나지는 않지만, 메모해둔 걸 보고 최선을 다해 옮겨본다.

"나는 인간은 다 죽었으면, 인간들은 다 죽고 동물들만 행복했으면. 이런 말이 정말 무서운 거야. 인간은 이미 글렀다. 인간 세상은 그냥 망하는 수밖에 없다. 이런 말 있잖아요."

동물들아 행복해야 해! 인간은 전부 죽었으면. 이 말은 내가 평소에도 입에 달고 사는 것이었기에 순간 뜨끔했더랬다. 나는 고양이나 강아지는 물론이고 털 달린 짐승뿐 아니라 파충류나 양서류처럼 동물이라면 그저 다 좋은 사람이다. 만약 나의 죽음을 선택할 수 있다면 아프리카 사바나 초원에 가서 짐승들한테 뜯어 먹혀 죽고 싶다는 꿈을 가진 적도 있었다. 왜인지는 잘 모르겠고, 그냥 어렸을 때부터 야생동물이 나오는 다큐멘터리나 그림책을 좋아했다. 그에 반해 머리가 굵어질수록 인간이라는 족속에 환멸이 나기 시작했다. 요즘 같은 시대에 뉴스나 인터넷 기사를 읽다 보면 누구나 그러지 않을까? 이 망할 인간들, 환경을 오염시키고 동물들을 죽이고 하다못해 서로가 서로를 죽이는 이기적인 종족들. 다 망해버려라. 이 세상에 신이 있을 리가 없다. 이 딴 걸 만들어낸 신이라면 분명 나쁜 놈일 것이다. 하루에도 수십 건씩 부당하고 억울한 차별과 죽음을 지켜보면서 나는 아무것도 할 수 없고, 사회는 달라지지 않을 거란 생각에 돌아버릴 것만 같았다.

그런 찰나에 강의에서 저런 이야기를 듣게 된 것이다. "인간은 다 죽었으면. 동물들만 행복했으면" 같은 말이 이상하지 않은 시대가 온 게 무섭다는 말. 너무 쉽게 포기하는 게 아니냐는 질문. 인간이 인류를 포기한다면 우리는 어디로 가야 하는 걸까? 그 다음 강의 내용이 거의 머리에 들어오지 않을 정도로 갑자기 심란해지는 바람에, 밤에는 잠 한숨 못 잤다. 생각해보면, 그래 내가 원래부터 인간이나 인류를 그저 증오하기만 했던 건 아니다.

그날은 내가 제일 좋아하는 영화 중 하나인 〈월-E〉를 다시 봤다. 계속되는 환경오염과 전쟁으로 초토화된 지구를 떠나, 몇백 년 동안 같은 궤도를 돌고 있는 거대한 우주선 안에서 생활하던 인간들이 아주 오래되고 보잘것없는 쓰레기 처리용 로봇에게 구원받는 이야기를. 태어나서 토양과 바다와 하늘을 한 번도 본 적 없는 사람이 유치하고 진부한 로맨스 영화에서 노래하는 사랑이 무엇인지, 춤이 무엇인지 궁금해하게 되는 이야기를. (만약 아직 이 영화를 본 적이 없는 사람들이라면 꼭 보길 추천한다. 나는 볼 때마다 펑펑 울곤 한다.)

나는 문학을 하고 있지만 많은 이들의 선입견(?)과는 달리 인디음악이나 영화 쪽에는 조예랄 게 전혀 없는 사람이다. 본격적으로 사업자를 등록하고 문예지를 만들기 시작한 뒤 좋고 싫음을 떠나 '문학인'이라는 타이틀을 이름 앞에 달고 낯선 사람들을 만나야만 하는 자리가 늘어났다. 이 '문학인'이라는 칭호는 공적인 자리보다 사적인 자리에서 나를 더욱 부담스럽게 했고, 특히 몇 년 전에 운 좋게 작은 공개 강연을 진행하게 되면서 그 괴리감이 커졌다. 강연에 참석한 대부분이 문학과는 전혀 관련이 없는 사람들이면서도, 직접 수강신청서를 넣고 인천 구석진 곳까지 찾아올 정도로 예술에 대한 열의가 있는 이들이었기 때문이다. 강의가 끝난 후에는 작은 질문 타임을 가졌는데, 수차례의 강연 동안 꾸준하게 등장하던 단골 질문 중 하나가 '좋아하는 영화'나 '좋아하는 음악' 같이 예술적인 취향에 대해 묻는 것들이었다.

나는 기본적으로 끈기가 없고 시각 매체 감상에 대한 집중도가 낮은 편이라 영상 미디어에 큰 흥미를 느끼지 못한다. 집에서 영화 보는 걸 즐기기는 하지만 콘텐츠 자체를 좋아한다기보다는 혼자 영화를 보며 맥주를 마시는 시간의 여유로움이 좋을 뿐이다. 자극적이고 스토리 전개가 타이트하고 누군가는 킬링타임용이라고도 부를 만한 작품들만 골라서 가벼운 마음으로 감상하곤 한다. 여운이 오래 남는 것들은 아무래도 버겁고 어려워서. 오히려 중학생, 고등학생 즈음에는 그렇게 한참이나 곱씹어야 하는 영화들만 골라서 보며 마음 아파 했던 것 같은데 언제부터 취향이 바뀌었을까? 지금은 그저 스릴러나 액션, SF나 블록버스터급 텐트폴 영화만 보면 환장하는 어른이 되고 말았다.

특히나 좋아하는 건 좀비 아포칼립스물이다. 가장 최근에는 넷플릭스 시리즈인 〈킹덤〉을 시즌별로 정주행했고 스크린에 올랐던 걸로 꼽자면 〈28일 후〉와 〈나는 전설이다〉를 인상 깊게 보았다. 어쨌거나 문학을 하고 글을 쓰는 사람들이라 하면 응당 따라오는 기대 같은 것들이 있기 마련이다. 그리고 그 기대에 부응하기에는 썩 좋지 않은 취향이다. 실제로 좋아하는 영화 장르를 묻는 질문에 B급 영화나 좀비물이라고 답변했을 때 돌아오는 반응이 영 떨떠름한 적도 있고, 금방 다른 주제로 대화가 넘어가는 경우도 종종 있었다. 그럴 때면 내 취향이 그렇게 별로인가 싶어서 은근히 의기소침해지고 마는 것이다. 왜요, 시 쓰고 독립 문예지 출판하는데 영화라곤 좀비물만 보는 제가 이상하세요?

신종 바이러스로 전 세계에서 수도 없이 많은 사상자가 발생하고 있는 지금 이 시점에 집안에 틀어박혀 좀비 아포칼립스물을 시청하면서도, 왜 나는 사람이 죽는 얘기와 세계가 멸망하는 얘기에 이토록 매혹되고야 마는 건지 생각해본다. 가끔은 유례없이 절망적인 국가적 재난 사태보다 아무것도 변치 않는 일상의 무미건조함이 더욱 끔찍하게 느껴지는 것과 비슷한 맥락일까?

절망의 나라에서 절망에 지쳐 현재에 안주하고, 소소하고 확실한 행복에 안주하는 젊은이로 남는 것은 어렵지 않다. 매일같이 떠오르는 새로운 절망을 마주하지 않고 눈을 돌려 '동물만 행복하면 돼. 인간은 다 죽었으면 좋겠어. 내 알 바 아니야.' 하고 살아가면 된다. 어쩌면 이 방식이야말로 지금 나와 같은 사람들에게 가장 바람직한 태도일지도 모른다. 모르는 게 약이라지만, 나 자신에게 되물어본다. 모르는 게 약인데, 그냥 영영 모르는 채로 사는 게 나을까? 괜히 알면 더 복잡해지는 게 세상이잖아. 굳이 배우고 노력할 필요가 있을까? 그러면 내 안의 내가 대답한다. "야. 우리가 돈이 없지 가오가 없냐?"

교수의 말을 곱씹고, 인간이 아닌 로봇에 의해 구원받는 인류에 대한 영화를 보고, 내 취향에 대해 고찰한 뒤에야 불현듯이 이런 생각이 들었다. 나는 사실, 인간이 다 죽어 없어지고 서로를 물어뜯고 세상이 멸망하는 이야기가 아니라, 결국에는 어떤 희망이나 치료제를 발견해서 새롭게 다시 시작의 궤도 위에 오르는 인류의 서사를 보고 싶었던 게 아닐까? 사실 좀비 아포칼립스물만큼 문제에 대한 해결 방안이 선명한 장르도 또 없지 않은가. 수많은 액션 히어로물의 클리셰가 그렇듯, 주인공 일행에 의해 외계 악당들은 늘 격퇴당하고 세계는 평화를 되찾곤 하니까. 좀비물도 마찬가지이다. 그

{ 절망의 나라의 행복한 젊은이들 }

실마리가 언제 풀리든 간에 결국 어딘가에는 치료제가 있을지도 모른다는 희망이 영화 속에도, 그것을 보고 있는 나에게도 존재한다. 물론 그렇지 않은 결말로 끝나는 영화들이 있긴 하지만, 내 취향이 그런 꽉 닫힌 배드 엔딩이 아닌 것만은 확실하다. 예를 들면, 좀비 드라마로 유명한 〈워킹데드〉는 시리즈가 지날수록 좀비 대 인간의 싸움에서 인간 대 인간의 싸움으로 구도가 변해가는데, 정확히 그 지점에서 나는 흥미를 잃고 하차했으니까.

## 누구나 아이였던 때가 있단다

    고백하건대 나는 몇 년 전까지만 해도 어린애들을 싫어하는 편협하고 못된 성인이었다. 말로 해도 못 알아듣고, 시끄럽게 울기나 하고, 온통 사고나 치고 돌아다니는 어린아이들이 마치 움직이는 시한폭탄 같다고 생각하기도 했다. 아마 그때쯤 노키즈존이 여기저기 퍼지기 시작했을 것이다. 나는 그 노키즈존을 누구보다 찬성하는 입장이었다. 부끄러운 과거다.

    학부 시절, '여성, 소수자, 공동체'라는 교양 강의를 들은 적이 있다. 그 강의를 진행한 교수님은 여성 인권 운동가로 아주 유명하신 분이었다. 한참 '메갈'이나 '워마드'가 악명(?)을 떨치던 시기였으므로, 페이스북의

'OO대 대나무숲'이나 'OO대 대신 전해드립니다' 페이지에는 하루에도 몇 번씩 어느 수업에 메갈이 있더라, 어느 학과가 메갈이 많은 메갈학과더라 따위의 쓰잘데기 없는 글들이 올라오곤 했다. 그때 가장 많은 공격을 받던 강의 역시 이 교양이었는데, 학계에서도 사회적으로도 흠잡을 곳 없는 권위자였던 교수님에게 근거 없는 비방이 쏟아지기도 했다. 이 수업 들으면 남자들은 A$^+$ 받을 생각 하지 말라거나, 남자들을 수업에서 대놓고 차별한다거나 하는 이야기들이었다.

결론부터 말하자면 그 수업에서 나는 A$^+$를 받았다. 이게 얼마나 놀라운 일인지를 설명하려면 우선 내가 학부 시절 얼마나 학교를 대충 다녔는지를 먼저 밝혀야 한다. 우리 학교의 문예창작학과는 특이하게도 예술대가 아니라 인문대에 포함되어 있었는데, 그래서 인문대 학생이라면 필수적으로 들어야만 하는 교양과목들이 너무 많았다. 영어와 영어회화, 채플, 한국사, 세계사, 서양철학. 말로 하면 입 아프고 듣기만 해도 재미없는 과목들을 대부분 날치기로 패스했다. F만 안 받으면 좋은 수준이었다. 창작 수업을 포함한 전공과목들은 못해도 B$^+$ 이상은 늘 받았지만 교양 학점이 모자라서 학교를 남들보다 1년이나 더 다녀야 했다.

'여성, 소수자, 공동체'는 무려 금요일 아침 1교시 수업이었다. 나는 전날 술을 마시고 밤을 새는 한이 있더라도 그 수업에는 무조건 출석을 했다. 성적을 잘 받기 위해서는 아니었다. 애초에 그런 거에 신경 쓰는 편도 아니었다. 내가 그 수업에 집착했던 이유는 딱 한 가지, 너무 재미있었기 때문이다. 매시간 허접한 PPT를 들고나오는 학생들의 울며 겨자 먹기식 발표를 보는 것도, 발표가 끝나면 득달같이 손을 들고 질문을 하는 것도, 질문을 받고 제대로 된 대꾸 한번 못한 채 얼빠진 얼굴을 구경하는 것도 재밌었다. 어느 순간부터 교수님은 지적할 점이 한두 개가 아닌 발표가 끝나고 나면 매번 맨 뒷자리 구석에 앉아 있던 내 얼굴을 먼저 돌아보았다. "저기 질문할 게 많아 보이는 학생이 있는데?" 하면서 손들기도 전에 마이크를 쥐어주기도 했다.

나는 그때 교내에서 꽤 유명한 '메갈'이었다. 나 때문에 대나무숲 페이지에는 문예창작학과 여자들은 다 메갈이던데, 문예창작학과 남학생들이 불쌍하다는 글이 올라오기도 했다. 잔뜩 열받은 남자 동기들이 게시물로 몰려가 댓글에서 키보드 배틀 뜨는 걸 구경하는 게 그 시절 고학번이었던 나의 유일한 낙이었다.

어쨌든 그 수업은 내게 많은 가르침을 주었다. 강의 명이 왜 '여성학개론'이나 '페미니즘 이론' 같은 게 아니라 '여성, 소수자, 공동체'인지를 이해할 수 있게 된 것이 가장 큰 성과였다. 여성 인권과 아동 인권, 동물권은 사실 전부 같은 방향을 향해 나아가는 것들인데 그 당연한 걸 왜 모르고 있었을까? 조금만 시선을 돌리면 보이는 것들이었는데, 나 살기에 급급한 나머지 알고 있으면서 애써 무시했던 건 아닐까? 이런저런 생각들이 많아졌다.

이미 완결이 난 웹툰 《용이 산다》의 정주행을 얼마 전에 끝냈다. 우리 주변에 사람으로 둔갑한 용들이 살아가고 있다는 일상 판타지 장르인데, 가장 인상 깊었던 에피소드는 새끼 용 '마리'와 청소년 용 '로이'에 대한 이야기였다. 마리는 아직 인간으로 변신할 수도 없는 아기이고, 로이는 질풍노도의 시기를 지나고 있는 사춘기 용이다. 로이는 등장 초반에 사람으로 따지자면 중2병을 앓고 있는 것처럼 묘사된다. 용이라는 종족에 대한 자부심이 강해서 인간을 열등한 족속으로 무시하는가 하면, 같은 용들 사이에서도 쉽게 어울리지 못하고 겉도는 모습을 보인다.

로이는 새끼 용인 마리가 시끄럽고 징그럽다며 싫어하는데, 본인이 아끼던 물건을 마리가 망가뜨리자 불같이 화를 낸다. 로이의 작은 할머니는 로이에게 마리는 아직 아기이므로 화를 내지 말고 이해해주어야 한다고 말하지만 로이는 "제가 왜요?"라고 반문한다. 잘못한 건 마리인데 왜 내가 혼나야 하냐고 묻는 로이에게 할머니는 "우리 모두 아이었을 때가 있었다"고 말한다. 이후의 화에서는 로이가 어린 용이었던 시절의 과거 회상으로 이야기가 진행된다.

우리는 모두 아이였던 때가 있다. 이 당연한 명제를 잊고 살아가는 사람들이 많다. 나 역시 그랬다. 어린아이가 사고를 치면 어른인 내가 이해하고 양보해야만 한다고? "내가 왜?" 이렇게 삐딱한 의문을 가져본 사람이 비단 나와 로이뿐만은 아니었을 것이다.


나의 어린 시절을 회고해본다.

나는 심각한 길치이다. 길치라고 해야 할까? 방향치라는 말이 더 어울릴까? 어쨌든 공간지각능력이 남들보다 현저하게 뒤떨어진다는 것은 분명하다. 길치들은 요컨대 사실보다는 본인의 직감을 막연하게 더 믿는 성향이 있다. 길치라면 이게 무슨 말인지 대충 이해할 수 있을 것이다. 지금은 세상이 발전해서 어딜 가나 스마트폰으로 지도를 볼 수 있지만, 초등학교 저학년이었을 땐 스마트폰은 고사하고 2G폰조차 없었다. 어렸을 때 길을 잃어버린 적은 정말 수도 없이 많은데 유일하게 기억나는 대사건이 하나 있다.

열 살 즈음이었나? 별안간 경기도 어딘가에 고립되고 말았던 순간이 있었다. 우리 집은 그 무렵에 초등학교와 조금 멀리 떨어진 곳으로 이사를 했었다. 원래는 150원을 내고 마을버스를 타거나, 20분 정도 걸어서 하교를 했었다. 앞에서 잠깐 언급했지만 나는 초등학생 때 왕따 비슷한 걸 당했다. 그나마 다행이었던 건 중2병이 일찍 왔던 때라 스스로도 세상과 별로 어울리고 싶은 마음이 없었다는 점이다. 내가 세상을 따돌렸다고나 할까. 졸업앨범에 실려 있는 봄소풍 단체 사진에서는 무려 귀에 이어폰을 끼고 있을 정도니까.

예민하고 내향적인 성격, 게임이나 애니에 과몰입하는 오타쿠적 성향까지 합쳐져 어울리는 친구들은 극히 한정적이었고, 흔히 말하는 '일진' 초딩들이 나를 많이 아니꼬워 했던 걸로 기억한다. 몸싸움을 한 적도 있었는데 6학년 때 이미 163센치에 태권도 검은띠였던 나를 이겨 먹기란 쉽지 않았을 것이다. 아마 이런 점이 그들을 더 열받게 했으리라. 아침에 등교하는 나를 복도까지 졸졸 쫓아다니며 이상하게 개사한 노래를 놀림 삼아 부르기도 했고 (지금 생각하면 정말 유치하고 귀엽다. 요즘 초딩들의 왕따 수법이랑 비교하면 그저 세레나데) 하나하나 열거하기는 그렇지만 어쨌든 왕따였음은 분명하다.

엄마는 그런 나의 교우관계를 걱정하여 초등학교 도서관 개관식 때 수백 권의 책을 기부하기도 했고 교내에 온냉수가 모두 되는 정수기를 설치해주기도 했다. 학교에 정수기가 드물던 그 시절에는 스텐으로 된 일자형 급수대에서 수돗물을 마셨었다. 당시 아빠가 공장 부지로 사기를 당하기 전이라 집이 부유한 편이었기에 가능한 일이었다. 하지만 원만한 교우관계를 이어가고자 하는 스스로의 의지나 노력이 없으니 전혀 해결되는 것은 없었다. 어쨌든 그래서 중학교는 다른 지역으로 진학하기 위해 이사를 갔던 거였다. 이게 장기적으로 이득이 되는 선택이었는지는 잘 모르겠지만.

　다시 본론으로 돌아와서, 익숙한 길 위에서도 종종 길을 잃는 나를 걱정한 엄마는 내가 초등학교에서 집으로 돌아올 때 타야 할 버스의 번호를 몇 번이나 강조해서 가르쳐주었다. 정류장이 어디에 있는지, 어디에서 내려야 하는지, 버스요금은 얼마인지, 몇 분이나 타면 되는지까지 전부. 그러고도 못 미더웠는지 버스를 탈 땐 꼭 기사 아저씨한테 '어디어디에서 내려주세요' '어디 앞에서 알려주세요'라고 말한 뒤 기사 아저씨 바로 뒷자리에 앉으라고도 했다.

　물론 그 시절 나의 붙임성으로 감히 기사 아저씨에게 그런 친밀한 요구를 할 수는 없었고, 그냥 열심히 버스의 안내 방송을 듣다가 때맞춰 하차하곤 했다. 그러나 엄마가 간과했던 점이 하나 있다. 마을버스와 달리 시내버스는 같은 번호라 하더라도 행선지에 따라 노선이 갈릴 수도 있다는 점이었다. 엄마도 대중교통에는 익숙하지 않아서 벌어진 일이었다. 그동안은 운이 좋게 우리 집 방향의 버스를 탔지만, 그날만큼은 하필 종점이 다른 버스였던 것이다. 익숙한 루트로 가다가 별안간 낯선 길을 달리기 시작하는 버스에서 진작 이상함을 눈치챘어야 했지만, '이렇게 돌다가 언젠가는 우리 집에 가겠지'라는 근거 없는 직감을 믿고 1시간을 넘게 버스에 앉아 있었다. 애초에 뭔가 잘못된 것 같다는 의심을 할 수 있는 사람은 길치가 아닐 것이다.

분명 하교 시간은 대낮이었는데, 슬슬 해가 저물기 시작했고 종점이니 내리라는 기사 아저씨의 말에 망연하게 버스에서 내렸다. 제일 문제였던 건 가진 현금을 모두 썼다는 점이었다. 왕복 버스요금만큼의 돈만 주머니에 덜렁 가지고 다녔기 때문이다. 날은 어두워지고, 여긴 어딘지 모르겠고…. 한참을 고민하며 질질 짜고 있을 때 지나가던 언니가 나의 이상함을 감지하고 말을 걸어왔다. 아마 20대 초중반 정도의 대학생이 아니었을까? 그 언니는 길을 잃었고, 집이 어딘지 모르겠다며 울먹이는 초딩에게 매우 친절하고 다정했다. 엄마 핸드폰 번호로 대신 전화를 해주었고, 집까지 돌아갈 택시비도 빌려주었다. 아마 이후에 엄마가 갚았을 것이다.

알고 보니 그곳은 무려 경기도 어드메였다. 확실히 서울은 아니었던 것으로 기억한다. 부천이었던 것 같기도 하다. 지금 생각해봐도 서울 다니는 버스가 왜 거기까지 갔는지는 모르겠다. 애초에 G버스였을지도….

{ 절망의 나라의 행복한 젊은이들 }

이 사건이 유독 기억에 남는 이유가 뭐냐면, 이 정도로 대중교통 때문에 개고생을 했으면 트라우마가 생길 법도 한데 나는 오히려 이상한 버스를 타고 알지도 못하는 지역에 내려서 집까지 찾아오는 일에 재미를 느끼기 시작했기 때문이다. 질풍노도 시기였던 중학생 무렵에 학원이 너무나도 가기 싫었던 나머지 학원 가는 버스 대신 아무 버스나 잡아타고 서울 구경을 하던 버릇이 이 일 때문에 생긴 것 같다.

버스 타는 걸 무서워하지 않을 수 있었던 이유는 아마 오로지 선의로 연고도 없는 어린애를 도와주었던 그 언니 덕분이었겠지. 그 사람이 아니었다면 나는 어떻게 됐을까? 해가 지도록 돌아오지 않는 나를 엄마가 미아로 신고했을지도 모르고, 험한 곳에 끌려가 험한 일을 당했을지도 모른다. 최악 중의 최악의 상황을 가정할 수밖에 없던 나이였기 때문이다. 실제로 이듬해에는 아빠와 함께 단골 횟집에 회를 포장하러 갔다가, 아빠가 잠깐 계산을 하러 간 사이 웬 백발이 성성한 아저씨에게 납치당할 뻔한 일도 있었다. 원래 미친놈들은 힘이 장사라고, 그 사람이 체구가 큰 편도 아니었는데 아무리 버티고 있어도 속절없이 끌려갈 수밖에 없더라.

그때 나를 구해준 것도 인적 드문 곳에 있던 구멍가게의 사장님이었다. 사장님은 미친놈을 만류하다가 안 되겠다 싶었는지 횟집에 뛰어가 아빠를 데려왔고, 아빠는 눈이 뒤집어진 채 달려들었다. 미친놈은 "아저씨 딸이에요? 딸인 줄 몰랐네?"라는 희대의 명언을 남긴 채 줄행랑을 쳤다. 나는 그 일 이후로 중학교를 졸업할 때까지 버스나 지하철에서 중장년층의 남자를 보면 공황이 왔다.

누군가의 조건 없는 작은 호의가 상대방에게는 삶의 전환점이 되어줄 수도 있다. 사람과 사람 사이의 선의가 모여 더 나은 사회를 만들 수 있을 것이라는 어떤 희망을 간직하는 것. 별것 아닌 것 같지만 생각보다 실천하기 쉽지 않은 일이다. 연일 입에 담기도 싫고 끔찍한 사건들이 난무하는 이 세상에서 인류애 한 가닥을 잃지 않고 붙잡아두기란 하늘의 별 따기이다. 그렇지만, 그럼에도 불구하고, 나는 인간이 전부 싫고 이 세상이 그냥 콱 망해버렸으면 싶을 때마다 어린 시절 내게 선뜻 손을 내밀었던 그 언니의 얼굴을 생각한다. 그러면 그동안 좋은 사람들에게 받아왔던 호의들이 연쇄적으로 떠오른다. 그리고 나 역시 어떤 사람에게 그런 존재가 되고 싶다는 착한 마음이 한구석에 조그맣게 싹을 틔운다. 방치하면 그대로 말라 죽을 테지만, 여유가 될 때마다 자꾸 돌아보고 가꾸면 언젠가 무럭무럭 자라서 한 그루 사과나무가 될지 누가 알겠는가.

금요일이나 토요일 밤에 신도림역으로 가는 지하철 막차를 타면 온갖 주정뱅이들을 심심치 않게 볼 수 있다. 요즘은 비교적 드문 편이긴 한데, 한때 술에 취해 벤치나 바닥에 널브러져 있는 사람들을 깨워다가 무사히 집에 보내는 일을 일주일에 한 번 이상은 했던 적이 있다. 처음에는 같은 칸에 탔던 여자가 종점이 됐는데도 못 일어나고 있기에 깨워서 환승하는 걸 도와줬던 게 시작이었다. 그때가 한참 몰카며 여성 대상 범죄 관련 뉴스가 막 이슈화되던 시기라 괜히 불안했던 것도 있었다. 한번 그런 사람을 보고 나니 자꾸 몸도 못 가눠서 자빠지고 드러눕는 이들이 눈에 들어오더라. 보고 나니 그냥 지나치기가 찜찜해서 괜찮냐 물어봤고, 괜찮다고 대답조차 못 할 정도인 사람을 두고 갈 수가 없어서 귀가를 도왔다. 엄마나 아빠는 그런 날 보고 오지랖 참 넓다고 핀잔을 주기도 했는데, 거기에 대고 내가 "그럼 어떡해. 그냥 보고 집 와? 그 사람 어떻게 되든 상관 말고?" 하고 되물으면 어물어물 말을 얼버무렸다.

　　하루는 이런 일이 있었다. 지하철역에서 환승을 하기 위해 플랫폼을 가로지르는데, 통로 한가운데서 바닥에 주저앉은 여자 한 명을 일행인 듯 보이는 남자 한 명이 낑낑대며 부축하고 있는 장면이었다. 남자도 한껏 취했는지 곤란해하는 게 보여서 조심스럽게 다가가 물었다. 일행이냐, 괜찮으냐, 좀 도와드려도 되겠냐 하니 감사하다길래 양쪽에서 부축해서 일으켜 세웠다. 그런데 그냥 술에 취해 인사불성인 수준이 아니라, 아예 기절한 것처럼 늘어져서 다리에 힘을 못 주더라. 부모님께 전화를 하랬더니 부모님 번호는 모른다 하고, 자꾸 이 여자애가 어느 대학교 학생인데, 어느 과인데 하면서 묻지도 않은 신상을 말하기에 말이 안 통한다 싶어서 역무원에게 도움을 요청했다. 역무원들은 재빠르게 휠체어를 가지고 돌아왔고, 우선 역사 밖에서 택시를 태우든 어쩌든 해야 할 것 같아 휠체어에 앉혔다. 여자는 앉자마자 갑자기 토를 하기 시작했는데, 내가 급한 대로 가방에서 휴지를 꺼내 손으로 받고 있으니 역무원이 비닐봉지를 구해왔다. 그때까지도 일행인 남자는 그냥 제자리에 우두커니 서서 쳐다만 보고 있었는데, 나는 만약 이 여자가 일어난다면 저 친구와는 절교를 하는 게 좋겠다고 말해줄 만반의 준비가 되어 있었다.

그런데 여자의 상태가 점점 이상해졌다. 처음에는 그냥 평범한 토사물처럼 음식물을 게워내다가, 어느 순간부터 하얗게 거품을 토하는 것이다. 나는 사람이 게거품을 문다는 말이 뭔지 그때 처음 알았다. 꽃게들이 위협을 위해 부글부글 거품을 뱉는 것처럼 허연 거품이었다. 나는 너무 놀라서 이거 좀 이상한데, 119를 불러야 하는 거 아니냐고 물었다. 그리고 이때쯤에 마치 영화처럼 본인이 응급처치 방법을 안다며, 좀 봐도 되냐고 말을 걸어오는 한 남자가 등장했다. 나는 거의 패닉에 빠져 있었는데, 이 여자가 간질 환자처럼 손발을 덜덜 떨기까지 했기 때문이다.

우리(말을 걸어온 남자와 나와 역무원들)는 여자를 휠체어에서 내려 바닥에 눕혔다. 남자는 여자의 코앞에 귀를 대보더니 호흡을 안 하는 것 같다고, 역무원 중 하나에게는 119를 부르라 지시한 뒤 다른 역무원에게는 긴급 제세동기를 가져다 달라고 부탁했다. 그러고는 내게 긴급 제세동기를 맨살에 써야 하니 같은 여성인 내가 웃옷을 위로 올려달라 말했다. 나는 여자가 입고 있던 라이더재킷을 벗기고 티셔츠를 위로 올리다가 주변에 사람이 잔뜩 몰린 것을 보고 조금 멈칫했다. 아무리 의식이 없기로서니 이렇게 많은 인파 한가운데서 맨 상체를 드러내 보여도 괜찮을까 싶어서였다. 그런 생각은 비단 나만 한 게 아니었는지 상의를 위로 올리는 동안 비닐봉지를 가져다준 역무원이 담요를 가지고 와서 주변을 휘장처럼 둘러주었다. 커튼처럼 쳐진 담요와 난생처음 써보는 긴급 제세동기와 누워서 거품을 뱉는 앳된 여자, 주변에서 웅성대는 사람들의 목소리, 이 모든 게 너무나 비현실적이라 거기서부터는 멍하니 입만 벌리고 있었다.

119 구급대가 도착했다. 구급대원들은 들것 위에 여자를 눕히고 나와 남자에게 이 환자의 일행인지 물었는데, 우리는 둘 다 아니라고 고개를 저었다. 나는 일행은 이 사람이라며 그동안 까맣게 잊고 있던 여자의 친구를 가리켰다. 구급대원들은 나와 남자의 전화번호를 물어보았다. 혹시라도 추후에 연락할 일이 있을지도 모른다고도 말했다. 나는 무리한 부탁인 걸 알면서도 그 사람에게 혹시 이 친구가 무사히 깨어나면 연락을 줄 수 있

느냐고 물었는데, 확답은 받지 못했다. 그저 그 뒤로 따로 연락 온 게 없으니 별일 없으려니 짐작만 할 뿐이다.

멍하니 집으로 돌아오는 길에, 내 옷이며 손에 그 여자의 토사물이 묻어 있다는 걸 깨달았다. 집에 들어와서 깨끗이 샤워를 한 뒤에 침대에 누웠는데, 심장이 너무 벌렁거려서 잠을 잘 수가 없었다. 새벽녘에는 역사로 전화를 걸어서 지난 밤에 119에 실려 갔던 승객이 있는데, 혹시 그 뒤에 어떻게 되었는지 아냐고 묻기도 했다. 그들 역시 모르고 있었다.

지금도 종종 그때 생각이 난다. 그 여자가 집에 잘 돌아갔는지, 몸은 괜찮은지, 옆에서 손 놓고 서 있던 친구와는 절교를 했는지, 궁금해도 연락이 닿을 방도가 없으니 그저 좋을 대로 생각하고 만다. 음주 경험이 별로 없는 스무 살일지도 모르겠다. 술에 알러지가 있는 사람이 있다고도 하던데 그런 체질일 수도 있겠다.

그러다가도 가끔씩 걱정이 된다. 내가 옆에서 괜히 일을 더 벌인 건 아닐까. 사실은 응급실에 갈 정도로 심각한 건 아니고, 평범하게 술에 취해 오바이트를 한 건데, 일행인 남자가 열심히 부축해서 무사히 집으로 돌려보냈을 수도 있었는데, 옆에서 끼어든 나 때문에 판이 커진 거면 어쩌지. 그 친구가 일어나서 나를 원망했으면 어쩌지. 그런 걱정이 자꾸만 되는 것이다.

한번은 이런 불안에 대해 친구에게 털어놓았다. 친구는 뭘 그런 걸 다 걱정하냐며 혀를 찼다. "너도 참 인생 피곤하게 산다. 그런데 있잖아, 세상은 원래 누군가의 오지랖 때문에 더 나은 방향으로 굴러가는 건가 봐. 널 보면 그런 생각이 들어."

## 사물이 거울에 보이는 것보다 가까이 있음

요즘 남성 비율이 월등히 높은 취미 활동에 대해 종종 생각한다. 올 하반기부터 나는 배낚시를 시작했다. 원래도 바다를 좋아하는 편이었는데, 비행기나 버스 멀미가 심한 편이라 엄두도 못 냈던 취미였다. 나의 소주 메이트인 담이와 충동적으로 강릉 사천항에서 배를 탔다. 체험 낚시라 대단한 어종을 잡는 코스는 아니었고, 얕은 바다에서 가자미를 잡기로 했다. 배에는 우리 말고도 어느 가족이 한 팀 있었는데 빈손으로 배를 탄 우리와 달리 커다란 아이스박스를 싣고 타길래 기가 잔뜩 죽은 참이었다. 그런데 배가 출항하자마자 가족팀에서 낙오자가 생기고 말았다. 화장실에 들어가 몇 시간 내

내 모습을 드러내지 않던 그들에게 우리는 배에서 내리면서 그날 잡은 물고기를 반쯤 나누어주고 왔다. 어, 우리 어쩌면 낚시에 꽤 소질이 있는지도? 설레발을 치며 배낚시 동호회를 즉석에서 결성했다. 이름은 '암바사'로 '암요, 바다 사랑하지요'의 줄임말이다.

나이가 지긋한 줄 알았던 선장님은 우리와 몇 살 차이 나지 않는 젊은 분이었다. 횟감으로 먹을 가자미 몇 마리를 빼고 나머지를 같이 탄 가족들에게 주는 게 어떻겠냐고, 대신 본인이 잡아뒀던 무늬오징어랑 전복소라를 주겠다고 하길래 우리는 냉큼 "콜"을 외쳤다. 사천항 수산시장에서 바다를 보며 우리와 선장님은 함께 소주를 마셨다. 선장님은 워크숍 같은 단체 활동을 제외하고는 젊은 여자들끼리 배낚시를 하러 온 게 너무 희귀한 일이라 신기했다고 말했다. 심지어는 짐작보다 훨씬 물고기를 잘 잡아서, 우리를 본인의 단골로 만들어야겠다 생각했다고. 체험 낚시는 일회성인 경우가 많고, 좀 전의 가족들처럼 본인이 뱃멀미가 심한지 안 심한지도 몰라 호되게 당하기도 해서 재미가 없다고 했다. 확실히 우리에게 3시간 코스는 너무 짧았고, 다음 달에는 문어를 잡으러 오겠다고 약속하며 헤어졌다.

서울로 돌아오는 길에서 나는 거의 5시간 넘게 운전을 해야 했다. 일요일 오후라 고속도로는 미어터졌고, 우리는 차 안에서 이런저런 이야기를 나눴다. 지금은 도로 주행을 두 번 떨어지고 면허 취득에 대한 열정을 잃은 상태지만, 운전면허 학원을 다니는 친구들이 대개 그렇듯 그때의 담이도 도로 위의 자동차들에 지대한 관심을 가지고 있었다. 담이와 나는 꽉 막힌 도로 위에서 예쁜 차의 꽁무니를 보면 저게 무슨 모델인지 떠들었고, 버스전용차로를 타고 달리는 승합차에 사람이 몇 명이나 타고 있을지 추측했다.

　　"봉고차도 버스전용차로 탈 수 있어?"

　　"어, 탈 수는 있는데 차 안에 6인 이상 타고 있어야 돼."

　　"분명 저 카니발에 여섯 명 안 타고 있을 걸."

　　"들키면 벌금 내?"

　　"범칙금 7만 원인가 내기는 하는데 단속을 잘 안 하지."

　　"좋겠다. 저기는 하나도 안 막히는데. 너도 타면 안 돼?"

　　"말 같지도 않은 소리 할래?"

내가 처음으로 도로 위에 나온 것은 지금으로부터 약 3년 전이다. 면허 취득에 성공하자마자 아빠는 아무 데에나 박기 좋은 중고차를 업어왔다. (연식이 꽤 된 흰색 아반떼였는데, 친구들은 이 차에게 '에반데'라는 이름을 붙여줬다. 니가 운전을 한다고…? 에반데…?) 면허는 감을 잃지 않는 게 중요하다나 뭐라나. 바로 사설 업체에서 도로 연수 선생님을 모셔왔고, 꼬박 일주일 동안 열심히 운전을 했다. 그때 공전은 막 〈모티프〉 3호 출간을 앞두고 있었는데, 한정판 굿즈로 기획하고 직접 디자인한 기모 맨투맨의 제작을 맡길 공장을 찾는 중이었다. 여러 군데와의 연락 끝에 왕복 4시간 정도 거리에 있는 동두천 봉제 공장에 샘플을 맡기기로 했고, 도로 연수를 마치자마자 나는 그 공장까지 직접 운전을 해서 가겠다고 결심했다. 지금 생각해봐도 대체 무슨 깡이었는지 모르겠다. 무식하면 용감하다는 말이 딱 맞겠지.

동두천까지 갈 땐 낮이라서 별 어려움이 없었다. 복잡한 서울 시내 길보다 뻥 뚫린 고속도로가 운전하기 백 배 정도 쉽다는 사실을 몰랐으므로, 나는 "운전 완전 껌이네!" 하며 뭣도 모르고 들떠 있었다. 나, 꽤 운전에 소질이 있는지도?

공장에 도착해서 동업자 수연이를 만났고, 샘플 관련 미팅을 무사히 끝냈다. 아마 그때가 오후 네 시쯤이었던 걸로 기억한다. 서울로 올라오면서 점점 해가 졌고, 집에 도착했을 땐 한밤중이었으니까. 운전 경력 n년 차였던 수연이는 조수석에 타서 서울로 향하는 내내 자동차 손잡이를 꽉 붙잡고 쉴 새 없이 잔소리를 해댔다. "야 그렇게 차선을 바꾸면 어떡해!" "아니 멈춰야지! 주황불이잖아!" "옆에 차 있잖아!" "여기서 좌회전이잖아!" 진짜 꽉 쥐어박고 싶었는데, 운전대를 잡고 한눈팔 여력은 아직 없었던지라 수연이는 한 대도 안 맞을 수 있었다. 고속도로를 벗어나 서울 시내에 진입했을 땐 사위가 컴컴했다.

우리는 올림픽대로를 타고 수연이의 집인 연희동으로 가고 있었다. 길을 잘못 들었으면 포기하고 다음 블록에서 돌아가든지 해야 하는데, 차선 변경할 타이밍을 놓친 나는 빠꾸도 없이 바로 머리부터 들이밀고 봤다. 한두 번이 아니었다. 퇴근 시간이라 도로는 꽉꽉 막혀 있지, 사방에서는 나를 향해 빵빵거리지, 어떤 아저씨는 창문을 열고 나에게 운전 쓰레기 같이 한다며 쌍욕을 퍼붓기도 했다. 설상가상으로 비가 내리기 시작했고, 무슨 정신으로 연희동까지 갔는지도 잘 기억나지 않는다. 그저 수연이가 내리면서 겨우 살아남았다는 듯 깊고 깊은 한숨을 쉬었던 것만 선명하다.

이 부분을 쓰면서 갑자기 옛날 생각이 나길래, 수연이에게 그때 네가 잔소리를 해서 매우 열이 받았었다고 카톡을 했다. 수연이는 이렇게 답장했다.

수연
후…
잔소리를 했다고?
웃기시네…
그건 그냥 생존을 위한
말조차 나오지 않는 그런
비명 같은 거였어… 오후 4:57
식은땀이 줄줄 났다
애들이 걱정돼서
계속 전화 걸었는데
그때마다 네비가 길 알려주는 타이밍이라
다 놓쳐서
빵빵 돈 것도 썼니? 오후 4:58

{ 절망의 나라의
행복한 젊은이들 }

그건 안 썼다.

어쨌거나 나의 이런 공격적인 운전 방식에 대해 변명을 조금 해보자면, 운전 연수 선생님과 함께 내게 운전을 가르쳐준 아빠의 탓이 컸다. 수연이처럼 노심초사하며 옆에서 안절부절못하던 엄마와 달리 아빠는 운전대를 잡은 지 세 달도 안 된 내 옆에서 코를 골며 잠을 잔 사람이다. 좋게 말하면 담이 크고 낙천적인 거지만 나쁘게 말하면 '별일이야 있겠어' 하고 될 대로 되라는 식이었다. 초보는 원래 박으면서 배우는 거고, 사람만 안 치면 된다고 강조하던 아빠의 말 중 가장 기억에 남는 것은 이 대사다.

"만약에 도로 위에서 누군가 너에게 빵빵거렸을 때, 니가 잘못한 거면 일단 비상등을 켜라. 사과하면 된다. 그런데 니가 아무 잘못 안 했는데도 빵빵거리는 사람이 있다면, 그건 니가 젊은 여자고 초보 운전자라 개무시를 하는 거니까 절대 지지 마라."

나는 이 말을 그 당시에는 이해하지 못했다. 그냥 망설이지 말고 가야 할 길을 가기 위해 차를 쑤셔 넣으라는 건 줄 알았다. 그래서 아빠의 말대로 했을 뿐이다. 주변에서 빵빵거리든 쌍욕을 하든 그냥 일단 직진을 하라는 의미로 받아들인 것이다. 그러고 나서는 제주도로 떠나게 됐다. 제주에서 이미 뚜벅이의 쓴맛을 봤던 터라 운전면허도 있는 이번 제주살이는 좀 편하겠지, 하고 비행기를 탔다. 제주에서 처음으로 쏘카를 빌리려고 어플을 깔고 나서야 렌트카는 면허 취득 후 1년 이상이 지나야만 이용이 가능하단 사실을 알았다. 꾸준하게 운전해서 감을 잃지 않겠다는 처음의 마음가짐과는 달리 강제적으로 석 달 정도를 '휴운'하게 된 것이다.

　　서울로 돌아왔다. 아빠가 말한 "절대 지지 마라"는 말을 제대로 이해한 것도 이쯤이었다. 나의 학교 출퇴근 루트는 서부간선도로–성산대교로 이어지는 지옥의 정체 구간이었는데, 매일 같은 길만 반복해서 왕복하다보니 자연스럽게 운전 실력이 늘었다. 운전에 여유가 생기면서 시야도 넓어지고, 그러면서 전에는 보이지 않았던 것들이 보이기 시작했다. 아, 저 차 움찔거리는 거 보니까 여기 끼고 싶은가 보네. 양보해주자. 너무 간격을 두고 가니까 자꾸 앞으로 끼어드네. 차 막힐 땐 좀 붙어야겠다. 저 앞에서 사고가 났구나. 미리 피해 있자. 이 신호 받고 조금만 더 가면 바로 우회전이네. 좌회전하면 바로 3차로로 옮겨야겠다. 이런 판단들은 사실 아무리 연수를 많이 해도 직접 운전해보지 않는 이상 체득할 수 없는 류였으니까.

내 차를 탄 엄마도, 아빠도, 친구들도 이제는 운전을 능숙하게 잘한다며 인정을 해줬는데 왜인지 혼자 도로를 달릴 때면 일주일에 한 번은 꼭 시비가 걸렸다. 클랙슨 소리를 들으면 내가 잘못한 건가 싶어서 비상등을 켜는 습관이 생겼다. 그렇게 한 학기 정도 자가용으로 출퇴근을 하다가 찝찝함을 느끼기 시작했다. 내가 운전석 창문을 열어두고 있을 때만 유독 빈번하게 시비가 생긴다는 걸 깨달은 것이다. 아빠가 말한 '지지 마라'는 게 바로 이런 거였구나. 정말로 도로 위에서도 이런 일이 존재하는구나. 새삼스럽게 충격을 받았던 것 같기도 하다.

그러다 남동생이 뒤늦게 면허를 땄고, 내가 타던 에반데를 동생에게 물려준 뒤 차를 바꾸었다. 차주가 바뀌었으니 당연히 자동차보험도 동생 명의로 다시 들어야 했다. 신기한 건 내 첫 보험료보다 동생의 보험료가 눈에 띄게 비쌌다. 둘 다 첫 차였고, 나이도 두 살 차이밖에 안 나는데 이렇게 금액이 다를 수 있나 싶어서 아빠에게 물어보니 원래 젊을수록 남자 보험료가 높게 책정이 된다는 것이다. 보통 보험사에서는 보험료를 매길 때 피보험자의 운전 경력뿐만 아니라 연령과 성별까지 고려하는데, 젊은 남성 운전자의 교통사고 발생률이 여성에 비해 높기 때문이라고 한다.

나는 보통 택시를 타서 기사님이 말을 붙여 오면 곧잘 대꾸해주는 편이다. 그러다 정말 좋은 분을 만나면 하차할 때 서로 덕담을 나누기도 하고, 초보 운전자로서 조언을 얻어가기도 한다. 어렸을 때부터 나는 유독 '기사님'들이랑 쉽게 가까워지곤 했다. 낯도 가리고 대인관계의 폭이 좁은 편인데도. 유치원 봉고차 기사님에서부터 학원 버스 기사님, 대학에 와서는 지하철역과 학교를 오가는 학교 셔틀버스 기사님까지. 사실 왜 그런 건지 도통 이유를 모르겠다. 대학 셔틀버스 기사님은 내가 휴학을 마치고 학교에 돌아올 때마다 아직도 졸업을 안 했냐며 놀라워했는데, 언제부터인가 소리 소문 없이 모습을 감추셨다. 결국 내가 졸업하는 모습을 보기 전에 먼저 학교를 떠나고 마신 건데, 좀 씁쓸하기도 했다.

어쨌거나 운전을 업으로 삼고 있는 사람들과 이야기를 나누다 보면 ─ 특히 택시 기사 같은 경우가 더욱 그런데 - 젊은 여자 운전자들은 사고를 많이 내고 운동 신경이 떨어지니 아가씨는 조심해서 다녀야 한다는 둥의 말을 어렵지 않게 들을 수 있었다. 운전을 시작하면서 보기 시작한 블랙박스 유튜브 채널에는 "김여사"라는 말이 빠지지 않고, 어떤 황당한 사고 영상의 댓글에는 "분명 여자다"라는 글이 줄줄이 달려 있기도 했다. 자꾸 그런 이야기를 듣고 보고 있으니 "진짜 그런가?" 하고 나도 모르게 설득되었던 것 같다. 도로 위에서 서툴게 운전하는 여성들을 직접 목격하면 더욱 뇌리에 깊게 남는 이유도 그거다. "그런가?" 하고 반신반의하던 걸 눈으로 확인하고 나면 "그렇네!" 확신하게 되는 것처럼. 다른 시간보다 유독 4시 44분이 더 많이 보이는 것처럼.

최근에는 '페디터즈'라는 이름의 여성 에디터 모임에서 활동을 하고 있다. 다양한 전선에서 현업으로 일하고 있는 에디터들을 만나 이야기를 나누다 보면 '친구'들을 만나는 것만으로는 부족했던 관계에 대한 갈증이 해소되는 기분이 든다. 함께 일하고 같은 곳을 향해 나아가는 동료가 있다는 건 정말로 대단한 일이구나.

프리랜서로, 독립 출판인으로 일하면서 단 한 번도 가져본 적 없었던 동지애나 동류애가 일을 지속할 수 있게 만든다는 사실을 이제야 깨닫는 중이다.

얼마 전에는 자동차를 비롯한 '탈것'에 대해 이야기를 나누다가, 생각보다 자전거를 배워본 적 없는 여자들이 많다는 화제가 나왔다. 나 역시 그랬다. 남동생은 아빠에게 반강제로 자전거를 배웠는데, 나는 아직도 자전거를 탈 줄 모른다. 물론 아빠는 내가 먼저 자전거를 가르쳐달라고 했을 때 거절할 사람은 아니지만, 그것과는 별개로 '운전'에 대해 남자들에게 요구되는 사회적 잣대가 엄격한 것은 분명한 사실이다. 운전면허가 없거나 자전거를 못 타는 또래 남자애들은 아주 드물다. 자동차 동호회나 바이크 동호회에서 여자를 만나기는 하늘의 별 따기인데다, 운송업에 종사하는 사람들은 십중팔구의 비율로 남자가 압도적인 것도 비슷한 맥락이다. 누구도 여자들에게 '운전하지 마라'고 강요하지 않지만, 남자들에게 "너는 왜 면허도 없냐"고 묻는 사람들은 어렵지 않게 찾아볼 수 있다.

인터넷에서 만나게 된 나의 랜선 친구 세오는 얼마전 1종 소형 면허를 땄다. 면허를 따고 이륜차에 입문한 세오의 최근 관심사는 단연 바이크 동호회이다. 이륜차는 자동차 전용도로를 탈 수 없어서 국도로 다녀야 하는데, 차도 많이 없고 뷰도 좋아서 라이더들에게 인기 있는 코스를 알아내려면 동호회에 가입해 베테랑을 만나야 한다. 게다가 바이크라는 게 혼자 다니는 것보다는 여럿이 줄을 지어 달려야 비교적 안전하기도 해서 사람들과 부대끼며 타고 싶은데, 어딜 가봐도 본인 또래 여자가 없어서 걱정이라고 했다. 그러면서 할리데이비슨 동호회 회원인 우리 아빠에게 라이딩 명소를 좀 알려달라고 부탁하더라. 사실 알겠다고 대답하고 나서는 까맣게 잊어버렸던 말이라, 이 글을 쓰면서 생각난 김에 아빠에게 연락을 했다.

> 아빠아빠 **이리**

> 나 친구가

> 1종 소형 땄거든?

오후 2:37 > 이제 잘 탄다고

> 아빠한테 바이크 코스 추천해 달래

> 바이크 동호회 가면 아재들밖에 없어서 싫대

**아빠** < 바이크 기종 젊은 애들 절대 바이크타면 안됨 오후 2:37

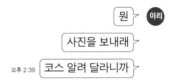

    아빠가 바이크 기종이 뭔지 사진을 보내라고 했던 이유는 그 바이크가 배기량이 얼마나 되는 차인지를 알아야 그에 맞는 코스를 추천해줄 수 있어서였다. 자동차가 그렇듯 이륜차도 배기량에 따라 체급이 달라지는데, 배기량이 작은 바이크로는 너무 멀리까지 나갈 수도 없고 위험하기 때문이란다. 듣고 보니 맞는 말이라 나는 세오에게 기종을 물었고, 인터넷에 검색해서 아빠에게 보여주었다. 나는 세오가 왜 바이크 동호회에 가입하거나 바이크 카톡방에 입장하지 않는지 알고 있다. 나 역시 차의 리어 와이퍼 끄는 법을 도무지 모르겠어서 정보를 얻기 위해 네이버 카페에 가입한 적이 있기 때문이다. 질문 글을 쓰려면 등업을 해야 했는데, 모두가 볼 수 있도록 전체 공개로 작성하는 등업 글의 양식이라는 게 이런 거였다.

1. 이름 (닉네임도 아니고 본명을 써야 함)

2. 성별 (아이디 기본 정보와 다르면 등업 안 시켜줌)

3. 연령대 (성별과 마찬가지)

4. 사는 지역 (이걸 왜?)

5. 보유 차종

6. 하고 싶은 말


거기다가 주의사항에는 이런 말도 있었다. "등업이 완료된 이후에 등업신청서를 삭제하거나 신청서 안의 내용을 지우게 되면 강등 대상이 되오니 이점 유의 바랍니다." 아니 요즘 세상이 어느 때인데 가입만 하면 누구나 볼 수 있는 게시판에 나의 개인 신상을 줄줄이 오픈한단 말인가? 공지 사항 게시판에는 "여성 회원들이 계시는데 제발 추근덕거리지 마세요. 거부 의사를 표현하는데도 왜 그러는 건가요. 오늘 아침에도 한 분 강제 탈퇴 조치했습니다. 여성 회원들도 마음 편하게 모임을 가질 수 있는 분위기를 만들어주세요." 같은 내용의 글이 올라와 있었다. 여기까지 본 나는 등업을 포기하기로 했다.

바이크나 배낚시처럼 진입 장벽이 높은 아웃도어 활동에서는 뉴비들에게 팁을 전수해줄 수 있는 선임자가 꼭 필요하다. 안전과 직결되는 문제이기 때문이다. 남성의 비율이 높은 영역에서 신입 여성이 자리 잡기란 (위와 같은 이유에서) 쉽지만은 않은 일이다. 모든 남성이 그렇다는 말은 아니다. 우리는 전동 릴을 빌리는 이유도 몰라서 팔이 빠져라 낚싯줄을 감다가 다음 날 온몸에 근육통이 왔지만, 친절한 선장님을 만나 처음 경험한 배낚시를 제대로 된 취미로 정착시킬 수 있었다. 자동차 동호회에 가입했다고 해서 무조건 공지 사항에 나온 것처럼 나쁜 일을 겪지는 않겠지만 만약 운이 나빠서 그렇게 되었다면 나는 내 이름과 거주지, 나이까지 밝혀진 상태에서 그곳을 도망치듯 나와야 했을 것이다. 이 '혹시나' 하는 의심과 불안이 세오를 내게 연락하도록 만들었을 것이다. 그렇게 남초 동호회는 계속해서 남초로 남게 되겠지.

평소에는 아무렇지도 않게 생각했던 일들에 의문을 품고 살다 보면 종종 그런 말을 듣는다. "너 정말 피곤하게 사는구나." "너는 불편한 것도 참 많다." 맞는 말이다. 가끔은 이런 게 다 무슨 소용인가 싶어 다 때려치

우고 싶을 만큼 피곤하고 불편한 삶이다. 하지만 세기의 발명품들이 대개 일상의 불편함에서부터 비롯되었듯이, 세상을 바꾸고 움직이는 것은 결핍이 아닐까? 결핍이 발산하는 부정적인 에너지를 끊임없이 수용하고 이를 충족시키기 위해 사고를 확장하는 힘. 나는 이런 힘이 주는 가능성을 믿는다. 그것이 나를 움직이고 살게 하는 원동력이기에.

# K-장녀로 살아남기

아빠는 가끔 나와 동생을 두고 "네가 아들로 태어나고, 쟤가 딸로 태어났어야 했는데"라는 말을 한다. 아빠가 생각하기에, 내가 가지고 있는 어떤 기질들이 여자가 아닌 남자라는 성별에 더 잘 어울렸나 보다. 아빠는 나와 가까운 이들 중 가장 양면적인 사람이다. 어떨 때는 아주 평범하고 가부장적인 기성세대의 한국 남자이면서, 여자들은 가꾸고 예뻐야 한다는 지론으로 내가 살이 조금만 붙어도 득달같이 몸무게가 몇이냐고 물으면서, 내가 도로 위에서 다른 남자들에게 무시 당할까 봐 '절대 지지 마라'는 가르침을 주는 사람.

어떤 사람을 인간적으로 사랑하는 감정이란 건 그

래서 참 묘한 일이다. 가까우면 가까울수록 그 사람의 모난 내면, 흠집, 단점이 눈에 훤히 보이기 마련인데, 이 모든 걸 제치고도 상대방을 위해줄 수 있는 관계라니. 내게 가족이란 건 늘 그랬다. 누구보다 증오하지만 어쩔 수 없이 돌고 돌아 다시 만나게 되고 마는 사람들. 차라리 다 두고 혼자 떠나버리고 싶다가도, 세상이 멸망하게 된다면 가장 마지막까지 함께 시간을 보내고 싶다고 생각되는 사람들.

나는 아빠에게 "아빠는 내 트라우마야"라고 말한 적이 있고, 아빠는 한참이 지나고 나서야 내게 "내가 니 트라우마냐"고 물었다. 나는 남동생과 주먹질을 하다가 코가 부러져서 응급실에 간 적이 있지만, 지금은 평범하게 서로의 안부를 물으며 생일이면 선물을 주고받는다. 나는 아주 오랫동안 엄마가 나를 감정 쓰레기통처럼 사용하고 있는 것 같아서 괴로웠던 적이 있지만, 내가 하고 싶은 일을 하겠다고 말했을 때 아무런 반대도 하지 않았음을 알고 있다.

나는 대한민국의 흔한 장녀로 살았다. '아들이 늘 그렇듯' 부모님과 데면데면한 남동생 대신 엄마와 아빠에게 '친한 친구 같은 딸'이었다. 엄마는 입버릇처럼 딸이 있어 다행이라 말하고, 아빠는 술도 안 먹는 아들은 재미가 없다고 한다. 세종시에 있는 회사의 기숙사에서 숙식을 하는 아빠, 경제적으로 독립하여 학교 앞에서 자취를 하는 동생 때문에 집에 남는 것은 늘 엄마와 나 단둘뿐이었다. 우리는 '밥 차려줘야 할 사람'이 없는 평일이면 서로에게 먹고 싶은 음식을 요리해주거나 배달 음식을 시켜 끼니를 해결한다. 가끔은 집 앞 카페에 나가 커피를 마시고, 거실에 앉아 드라마를 함께 본다. 그래서인지 내가 집을 비워야 할 일이 생기면 엄마는 늘 외로워했다. 며칠 여행을 갔다가 집에 돌아와 내가 없어 심심했다던 엄마의 투정을 받아줄 때, 묘한 죄책감과 쓸쓸함이 책임감이라는 형태로 돌아와 나를 짓누르고 만다.

가끔은 이 가족이라는 구성원 안에서 내게 주어진 역할에 피로감을 느낄 때가 있다. 왜 꼭 가족은 주기적으로 모여야만 하는 건데? 왜 가족은 서로에게 잘못해도 눈 감고 용서해야 하는 건데? 왜 서로가 서로에게 남긴 상처를 모르는 척 덮어두고 멀쩡한 척 살아야 하는 건데? 그냥 우리 서로 갈 길을 가자. 각자의 삶을 살자.

누구에게도 기대지 말고, 의지하지 않고, 나의 인생을 나 혼자 책임지며 살다가, 세상에 지치고 다쳐서 내 편이 필요할 때 잠깐 쉬다 가자. 우리가 진짜 가족으로 남으려면, 가족이란 걸 계속해서 영위할 수 있으려면 그 정도의 거리감이 필요할 것 같아. 적어도 나는 그래.

그러면, 남은 엄마는 어떻게 하지? 아빠에겐 언제든 술을 마실 친구들이 있고, 취미 생활을 함께 즐길 동료들도 있고, 원래도 집에 박혀 있는 것보단 밖에 나가 돌아다니는 걸 좋아하는 사람이지만, 내가 없는 시간에는 온전히 집에 홀로 남겨지는 엄마는 어떻게 하지? 밥벌이를 혼자 하겠다며 과외를 하루에도 몇 탕씩 뛰면서도 제 살길 찾아 떠난 동생이야 나보다 알아서 잘 살겠지만, 주말에 동생이 오면 밥해주는 낙으로 사는 엄마 곁에서 나까지 떠나고 나면 어떻게 해야 하지?

나는 '뽈레'라는 맛집 기록 애플리케이션의 열혈 유저이다. 오랜만에 아빠와 동네 중식당에서 술을 한잔했다는 게시물에 "저도 아버지와 소주 한잔하는 게 꿈인데 안 되네요"라는 댓글이 달린 적이 있다. 나는 초등학생 때부터 "가장 존경하는 인물이 누구냐"는 질문에 망설임 없이 "제 아버지요."라는 대답을 할 수 있는 애들을 부러워했다. 하지만 나이가 들면서, 세상에 정말로 완벽한 가족이라는 게 존재할 수 있을까 고민하게 된다. 이상적인 연인 관계, 이상적인 친구 관계, 이상적인 비즈니스 관계보다 이상적인 가족이 더 비현실적으로 느껴지는 이유는 왜일까?

"당신에게 가족이란 어떤 의미인가요?" 같은 질문에 자주 등장하는 단골 답변이 있다. "어떤 일이 있어도 내 편인 사람들." 이런 류의 대답을 듣고 나면 늘 모난 생각이 마음을 들쑤셨다. 글쎄, 서류로 묶인 관계임에도 불구하고 끝까지 '내 편'이 될 수 없는 가족들이 있다. 하지만 반대로 생각했을 때 "어떤 일이 있어도 내 편인 사람들"을 내가 '가족'이라고 여기면 그만 아닌가?

세상에는 아주 많은 형태의 가족이 있다. 제도적으로, 사회적으로 정해져 있는 '정상 가족'의 범주 안에 속하지 않는 이들이 어쩌면 더 많을 수도 있겠다. 어느 친구는 일찍이 부모님을 여의고 다른 친구네 부모님을 엄마, 아빠라고 부르며 가깝게 지낸다. 어버이날에는 그분들에게 선물과 편지를 보내고, 어린이날에는 그분들의 집에 가서 함께 식사를 한다. 대학교를 다른 지역으로 간 친구 대신 부모님의 생일을 챙겨드리는 모습이 SNS에 올라올 때면, 가까운 사이는 아니지만 게시물에 '하트'를 눌러준다. 고등학교 때 글을 쓰며 알게 된 언니는 다니던 학원에서 조교로, 강사로 10년 넘게 머물며 자신을 가르쳐준 선생님을 가족이라고 여기며 산다. 누군가에게는 그저 룸메이트로 소개되고 있지만 서로를 부부라고 여기는 이들도 어디에든 존재하고 있겠지.

가족이란 건 내 인생에 있어서 가장 풀기 힘든 난제 중 하나이다. 살아가며 필연적으로 엮이게 되는 그 어떤 이름의 공동체보다, 처음부터 내게 '주어진' 이 관계가 벅차게 느껴졌다. 멍청하게 온 가족에게 찬밥 취급받고, 홀대당하면서도, 주변 사람들이 하나같이 입을 모아 제발 그 지긋지긋한 집구석 좀 뛰쳐나오라고 사정하는 말에도 굴하지 않고 "그래도 가족인데 어떻게 그러냐"며 지지부진한 관계를 이어가던 친구의 마음이 어떤 모양이었는지 점차 이해하게 되는 것도 어쩔 수 없는 일인 걸까?

엄마는 전형적인 내향형으로, 아무리 좋은 사람들과 함께 있다 하더라도 바깥에 오래 머물지 못하는 편이다. 아빠는 극단적인 외향형인데, 집에 틀어박혀 있으면 좀이 쑤셔서 친구들과 어울려 어디로든 훌쩍 떠나거나 새로운 취미 활동을 즐기는 걸 좋아한다. 엄마는 시골에서 태어나 시골이 싫어 죽어도 도시에 남겠다 말하고, 아빠는 귀농을 위해 할머니가 돌아가시고 난 고향 땅을 매입하여 집을 지을 계획을 짠다. 엄마는 고작 맥주 두 모금에 얼굴이 빨개지는 사람이고, 아빠는 술이 없으면 인생을 무슨 재미로 사냐고 묻는 사람이다. 엄마는 젊었던 당시에도 주변 사람들이 서울 토박이인 줄 알았을 만큼 얼굴이 하얀데, 아빠는 바깥 활동을 자주 해서인지 새까만 피부를 하고 있다. 어렸을 땐 그냥 우리 엄마니까, 아빠니까, 당연하게 여겼던 지점이었다. 나이가 들수록 하나부터 열까지 비슷한 구석이 없는 이 둘이 연애결혼을 했다는 게 참 신기하게 느껴졌다. 그러다가도 엄마가 아빠가 던지는 농담 한마디에 자지러지듯이 깔깔대며 웃을 때, 내게 "세상에서 느이 아빠가 제일 웃긴 사람 같다."고 말할 때면 그제야 고개를 끄덕이게 되는 것이다. 저래서 연애했고, 저래서 결혼했구나.

　　나는 성격 탓인지 연애를 해도 진득하니 길게 누군

가를 만나본 적이 없다. 재작년부터 이모들은 나만 보면 시집은 언제 갈 거냐 묻고, 너무 늦기 전에 좋은 사람 만나라고도 하는데, 그 문장에서 이해하기 제일 어려운 건 사실 '좋은 사람 만나라'가 아니라 '늦기 전에'가 아닌가. '좋은 사람 만나라'는 말은 '네가 좋아하는 사람 만나라'는 말로 어떻게든 치환할 수 있다고 치자면 말이다.

생판 남인 사람과 평생을 함께하기로 약속한다는 건 무슨 의미일까? 내 삶의 무게와 저 사람이 가진 삶의 무게를 합쳐 공평하게 나누어 들기로 한다는 건 얼마나 무서운 일인가? 10년 넘게 함께한 친구에게서도 종종 새로운 발견을 하게 되는데, 이 모든 변화를 감내할 수도 있겠다는 확신이 드는 순간에 사람들은 결혼이란 걸 생각하는 걸까? 너무 궁금해서 결혼을 앞둔 친구에게 "왜 결혼을 하기로 결심했냐?"고 물어도 속 시원한 대답이 돌아오지 않았다.

"그냥, 얘라면 괜찮을 것 같아서."

'그냥'이라는 단어로 퉁치기에는 지나치게 중차대한 문제가 아니냐는 말이다.

스물아홉이 되고 나니까 그냥 지나가듯 흘리는 말

이 아니라 진심 100퍼센트인 어투로 나의 혼삿길을 걱정하는 사람들이 수두룩 빽빽이다. 어떤 친척 어른들은 나의 조건을 하나하나 꼽아가면서(외모, 학력, 경제적 능력, 성격, 심지어는 요리 실력까지) "이 정도면 좋은데 ○○이한테 하나 소개시켜 달라고 해봐."처럼 가당치도 않은 말을 하기도 한다. 여자는 지금이 아니면 시집 영영 못 간다나 뭐라나. '비혼주의'라는 말을 빙빙 돌려서 "저는 혼자 사는 게 편해서 아직 결혼 생각 없어요."라고 대답해 봐도 철벽같은 수비에 튕겨져 나올 뿐이다. "지금 결혼하라는 게 아니고 1, 2년은 만나야 결혼을 하니까 지금 만나야 돼. 누가 바로 결혼하랬니?" 그럼 나는 조용히 항복을 선언하며 그 자리를 뜬다. 지금은 연초라 좀 덜한 편인데, 이러다가는 진짜 내 전화번호라도 누군가에게 홀딱 넘겨줄 것만 같아서 불안에 떠는 중이다.

사실 아직도 잘 모르겠다. 왜 연애를 해야만 하는 건지, 왜 커플은 '위너'고 솔로는 '루저'인 것처럼 여겨지는지. 사람이 사회적 동물이라는 데에는 동의한다. 그 누구와도 상호 교류하지 않고 온전히 '혼자' 살 수 있는 사람은 존재하지 않는다. 사랑하는 사람이 곁에 있으면 정서적인 충만함을 느낄 수 있고, 서로의 관계가 돈독하고 긴밀해질수록 그것은 특별해진다. 하지만 그 대상이 굳이 '애인'이어야 하냐는 말이다. 나에게는 힘들 때 함께 이야기를 나눌 친구가 있고, 그것만으로 만족하기 때문에 또 다른 모양의 관계가 별로 필요하다고 생각해본 적이 없다. 그렇다면, 없는 상태로도 충분하다면, 우리는 정말로 왜 연애를 하고 왜 결혼을 해야만 하는 걸까?

내 주변에는 10년 가까운 시간 동안 연인이었던 친구들도 있고, 이미 혼인신고서를 작성한 지인도 있으며, 평균보다 일찍 결혼해서 아이가 있는 동창도 있다. 초등학생 때부터 사귀었던 남자친구와 결혼까지 골인해서 살고 있는 어떤 언니는, "나는 얘를 만난 게 인생에서 가장 큰 행운이었던 것 같아. 어렸을 때 얘랑 안 사귀었으면 나 어떻게 살았을까?"라고 습관처럼 말하기도 한다. 나는 이 모든 이들을 친구로서 사랑하고 지지하기 때문에, 그들이 어떤 방식의 미래를 선택하든 그 모양마저도 전부 사랑할 수 있다. 그 친구들 역시 자신이 살아온 삶의 궤적을 내게 따라오라 강요하지 않는

다. 내게는 이게 당연한 일인데, 세상에는 그렇지 않다고 생각하는 사람들이 아직 많은 것 같다.

다시 근본적인 물음으로 돌아가자. '정상'이라는 건 뭘까? 연애를 오랫동안 하지 않는 사람은 비정상이고, 연애를 안 하면 허전하고 쓸쓸하다는 사람이 정상인가? 혼기가 차면 결혼을 하고, 아이를 낳고, 가정을 꾸리는 것이 정상인가? 그렇다면 우리나라에서 법적으로 결혼을 '못' 하는 사람은 비정상인가? 하지만 그들도 엄연히 연애 상대가 있는 사람들인데?

'가부장제인 대한민국에서 미혼 여성에게 요구되는 정상 가정 이데올로기를 거부한다.' '소수자를 배제하는 방식으로 사회가 규정한 디폴트를 깨부술 것이다.' 이런 거창하고 멋진 신념이 있는 건 아니다. 그냥 궁금한 것뿐이지. 무엇이 정상이고, 무엇이 비정상인지 그리고 그 둘을 구분 짓는 기준을 만드는 것은 누구인지, 그 누구는 왜 그렇게 결심했는지. 남들 다 하니까 나도 언젠가는 결혼하지 않을까, 이렇게 낙천적으로 생각하게 만드는 암묵적인 공기가 싫었다.

지금은 절필 선언을 하고 집필을 멈춘 상태인 윤이형 소설가의 소설집에는 기혼 여성과 비혼 여성, 젊은 여성과 나이 든 여성, 살아 있는 여성과 사이보그 여성 사이의 갈등과 화해가 나온다. 《작은마음동호회》를 감명 깊게 읽고 난 뒤 참석한 작가 간담회 자리에서 윤이형은 이 책에 실린 글들이 "지금까지 정상이라고 느꼈던 것들에 대한 의심 그리고 그로부터 시작된 변화의 움직임 사이에서 쓰게 된 이야기"라고 말하면서, "현실의 상처를 소설에서 치유받으려고 하는 노력이 무력하게 느껴졌다"고 했다. 아무리 글을 써도 현실은 변한 게 없으므로, 이 둘 사이의 괴리감을 어떻게 해소해야 할지 고민을 거듭하고 있다고. 나는 윤이형의 강연을 들으면서, 온전히 결백한 글을 쓸 수 있게 될 때까지 미루어두자고 생각했던 마음들이 사실은 변명에 불과하다는 사실을 깨달을 수밖에 없었다.

## 저 푸른 초원 위에 그림 같은 집을 짓고

대학원에 입학하고부터 집에 혼자 누워 있으면 "너 백수냐"는 핀잔을 숨 쉬듯이 받게 됐다. 논문 발표가 코앞으로 다가올수록 이상하게 몸은 편해지는데, 심적으로는 내 인생에서 손꼽힐 정도로 분주하고 번잡해졌다. 프리랜서로 일을 하고 대학교에 다닐 때보다 분명 남는 시간은 더 많은데도. 미래에 대한 불안감을 정통으로 맞닥뜨렸기 때문일까? 내가 원하는 곳에서 박사 학위를 딸 수 있을까, 계속해서 글을 쓸 수 있을까, 10년 뒤의 나는 어떤 모습으로 살고 있을까를 고민하느라 밤 잠을 설치는 일이 잦아졌다.

"예전 같았으면 시집가서 애 낳을 나이에 집에서

뭐 하느냐"는 질문에도 딱히 할 말이 없어서, 능청만 늘었다. "엄마, 어차피 아빠가 시골에 내려가면 엄마는 서울에 혼자 남는데, 그럼 나는 평생 엄마랑 살아야 돼. 내 꿈은 캥거루란 말이야." 예전 같았으면 기분이 상해서 엄마가 뭘 아느냐고 쏘아붙였을 텐데, 사람이 살아가는 데 있어 제일 필요없는 게 자존심이더라.

자존감이 낮고, 자존심 빼면 시체라 누구한테든 지기 싫어하는 성격이 어디로 홀연히 사라져버린 것은 아니다. 여전히 듣기 싫은 소리에는 대거리를 해야 직성이 풀렸고, 교수들이나 클라이언트에게서 "요즘 MZ세대 무섭다."는 둥의 비꼬는 소리를 들으며 살았다. 하지만 시간이 지날수록 내가 내세웠던 자존심이 오히려 나를 갉아먹고 있었음을 깨닫게 되었다. 내 감정에 솔직해지되 나를 잃는 게 두려워서 자신을 거짓으로 무장하지 말기. 고마우면 고맙다 말하고 미안하면 미안하다고 사과하기. 내게 자존심이 있듯 상대방에게도 감추고 싶은 치부가 있다는 걸 주지하며 살기. '나'라는 존재 하나만으로도 버거웠던 세상에 '타인'이 있다는 걸 이해하기. 여기까지 오는 동안 얼마나 많은 시행착오를 거쳐야만 했던가. 내 세계에 나를 제외한 다른 것들의 자리가 늘어날수록 나는 세상에 관대해졌고, 심지어는 나 자신에게도 너그러워졌다. 사랑하는 것이 많은 사람은 그것들을 지키기 위해 강해진다고들 하던가? 그 말의 의미를 이제 조금이나마 이해할 수 있게 된 것이다.

먼 훗날의 나를 상상한다. 열아홉의 내가 스물아홉의 나를 지금과는 완전히 다른 모습으로 꿈꿨던 것처럼, 지금 내가 떠올리는 서른아홉의 나 역시 다를 것이다. 하지만 사람은 가끔 어떤 미래를, 이상향을 떠올리며 그것을 향해 나아가자고 마음먹는 것만으로도 또렷해질 수 있다. 꿈을 꾸는 사람들에게서는 언제나 빛이 난다. 확신에 가득 찬 목소리로 미래의 청사진을 말하던 이들의 얼굴에 어려 있던 희망을 기억한다. 스물 초반의 내게 이런 이미지를 남겨주었던 어른들처럼 되고 싶었다. 될 수 있을 것이다. 그렇게 믿는다. 어쩌면 어느 정도는 이미 되었는지도 모르겠다.

학교에서 상금을 목표로 참가했던 포트폴리오 공모전에서 수상을 하고, 그 내용으로 자율전공학부 1학년들에게 특강을 진행했던 장면이 참 오래도록 기억에 남았다. 그 애들은 본인이 어떤 학과에 진학할 것인지,

무슨 일을 하며 살 것인지를 처음으로 선택하는 기로에 놓여 있었다. 사업을 하며 수많은 프레젠테이션 자리가 있었지만 그렇게나 많은 이들 앞에서 무언가를 이야기 해본 것이 처음이라 많이 긴장했었다. 아직도 그때 입은 옷이 무엇이었는지, 강의가 끝나고 누구와 어디에서 술을 마셨는지도 기억이 난다. 아주 추운 겨울이었고, 아끼는 DKNY의 싱글코트를 입고, 약속 시간에 늦을까 봐 지하철역에서 택시를 탔었다. 수강생 중 절반은 거의 졸다시피 했고, 몇몇은 친구들과 필담을 주고받기도 했다. 선생님이 교단 앞에 서면 그 많은 사람 사이에서 딴짓하는 학생을 귀신같이 잡아낼 수 있었던 이유가 이해가 되더라.

그리고 백 명이 넘는 학생들 중 딱 한 명만이 이듬해 인천에서 진행했던 외부 강의에 찾아왔다. 그날 수업은 후루이치 노리토시의 《절망의 나라의 행복한 젊은이들》이라는 책과 영화 〈소공녀〉를 주제로 한 인문학 강의였다. 강의의 제목은 '소확행³의 함정'이었는데 아

---

3    주택 구입, 취업, 결혼 등 크지만 성취가 불확실한 행복을 좇기보다
      는, 일상의 작지만 성취하기 쉬운 소소한 행복을 추구하는 삶의 경
      향, 또는 그러한 행복을 말한다. '미닝아웃(Meaning out)', '케렌시

래는 그날 준비해간 강연 자료의 일부이다.

작지만 확실한 행복, 내가 무언가를 노력하지 않더라도 일상 속에서 얻을 수 있는 행복을 방패로 청년들은 n포 세대의 삶을 수용한다. '웰빙'과 '힐링'을 지나 '욜로'와 '소확행'으로 수렴되는 신조어의 흐름에서는 체념의 기색마저 읽힐 정도이다. 많은 언론 매체에서는 이 소확행의 등장이 삶을 긍정적으로 바라볼 수 있는 대안이라고 이야기하고 있으나, 이는 모래로 쌓은 성처럼 위태롭고 연약한 성취이다. 기성세대에 기생하는 것만이 유일하게 부자가 될 수 있는 방법이 된 사회는 절대 건강한 사회가 아니다. 출생과 동시에 계급이 정해지는 중세시대의 계급제와 21세기 '수저론'은 분명 닮아 있다.

소확행이라는 단어에서 우리가 주목해야 할 것은

---

아(Querencia)' 등과 더불어 서울대 소비트렌드 분석센터의 2018년 대한민국 소비트렌드로 선정되었다. 원래 소확행이란 말은 일본의 소설가 무라카미 하루키의 에세이 〈랑겔한스섬의 오후〉(1986)에서 쓰인 말로, 갓 구운 빵을 손으로 찢어 먹을 때, 서랍 안에 반듯하게 정리되어 있는 속옷을 볼 때 느끼는 행복과 같이 바쁜 일상에서 느끼는 작은 즐거움을 뜻한다.

'소(小)'가 아니라 '확(確)'이다. 소확행의 문제적 지점은 투자 자본의 규모에 있는 것이 아니다. 무언가를 위해 크게 노력하지 않아도 누릴 수 있는 '확실한' 행복이라는 것, 실패 확률이 없는 행복이라는 것, 그렇게 함으로써 행복을 '찾아가는' 삶의 주체가 되는 대신 주어지는 것만 받아들이는 수동적인 상황에 익숙해진다는 점이 치명적인 문제인 셈이다.

　(중략)

　"오늘보다 내일이 더 나아질 리 없다."라는 생각이 들 때, 인간은 "지금 행복하다."라고 생각한다. 이로써 고도성장기나 거품경제 시기에 젊은이들의 생활 만족도가 낮게 나타났던 이유가 설명된다. 말하자면 그 시기의 젊은이들은 "오늘보다 내일이 더 나아질 것이다."라고 믿었다. 더불어 자신들의 생활도 점차 좋아질 것이라는 희망도 품고 있었다. 따라서 지금은 불행하지만, 언젠가 행복해질 것이라는 '희망'을 가질 수 있었던 것이다.[4]

---

4  《절망의 나라의 행복한 젊은이들》(민음사, 2014년) 134쪽 부분 발췌.

어떤 지표를 보더라도 지금 21세기의 대한민국에서 청년으로 살아가는 건 어려운 일이다. 2018년에 구인구직 플랫폼 포털 '사람인'에서 1143명을 대상으로 실시한 '현실을 고려한 목표 vs 꿈의 직업'이라는 설문조사에서 갖고 싶은 직업 1위로 '공무원 및 공공기관 종사자'가 선정된 것도 그리 놀랍지 않다. 일해도 가난할 수밖에 없는 '워킹푸어(Working Poor)'들은 나와 먼 이야기가 아니다. 자기소개서 컨설팅을 하면서 가장 놀랐던 점은 '내가 좋아하는 일' '하고 싶은 공부' '미래에 이루고자 하는 꿈' 같은 것들을 물었을 때, 제대로 된 대답을 하는 이들이 열에 두셋 꼴이었다는 것이다. 그러나 소확행처럼 실패 없는 안정을 바라는 사람들을 비난할 수는 없다. 나는 스스로가 '헛된 삶'을 살아온 것 같다고, 이제는 '제대로 된 삶'을 살고 싶다고 자책하는 의뢰인들에게 종종 죄책감을 가질 필요 없다고 말하곤 한다. 사람이 살아가는 데 있어서 자책감보다는 사회의 부조리함에 대한 분노가 훨씬 큰 도움이 되기 때문이다.

인천까지 두 시간이 넘게 걸리는 곳에서 나를 찾아와준 친구에게, 나는 절망의 나라에서도 진짜 행복을 잃지 않도록 살아가는 법에 대해 이야기했다. 이 세상에 완벽한 삶의 모양이라는 건 존재하지 않으므로, 절망의 나라에서 자신만의 희망을 찾아 나아가는 일을 멈추지 말라고. 돈을 벌지 않아도 괜찮다거나, 적성에 맞지 않는 일을 그만두라거나, 그런 류의 무책임한 조언을 해주기는 싫었다. 개개인의 힘으로 세상을 바꿀 수는 없겠지만, 나에게 할당된 아주 작은 권리에 안주하지 말고, 나의 세계를 계속해서 확장할 수 있게 해줄 나만의 등불을 꺼뜨리지 말자. 강의는 그렇게 끝이 났다.

아마 나는 그때의 경험 덕에 대학원 진학을 결심했던 것 같다. 백 명 중 한 명의 삶에라도 좋은 영향을 미칠 수 있다면, 내가 그 애의 작은 반딧불로 인생에 남는다면 후회 없이 살 수 있을 것 같았다.

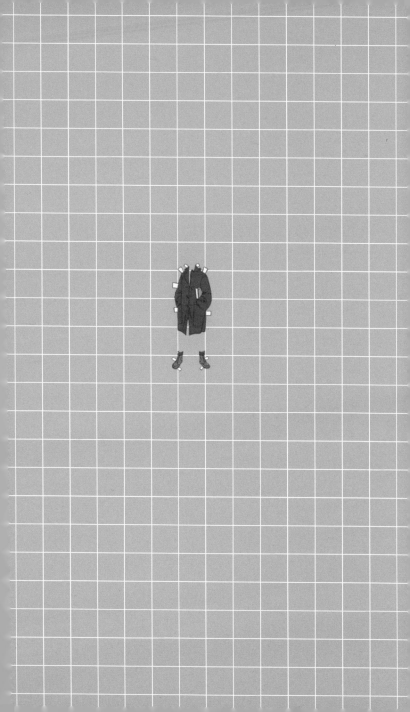

# 스물스물 스물아홉

**어른이 되는 법**

**초판 1쇄 인쇄** 2022년 5월 20일
**초판 1쇄 발행** 2022년 5월 30일

**지은이** 이리
**발행인** 박효상
**편집장** 김현
**시리즈 책임기획·편집** 윤정아
**디자인** 이지선
**마케팅** 이태호 이전희
**관리** 김태옥

**종이** 월드페이퍼 | **인쇄·제본** 예림인쇄 바인딩 | **출판등록** 제10-1835호
**펴낸 곳** 사람in | **주소** 04034 서울시 마포구 양화로11길 14-10(서교동) 3F
**전화** 02) 338-3555(代) | **팩스** 02) 338-3545 | **E-mail** saramin@netsgo.com
**Website** www.saramin.com

왼쪽주머니는 사람in의 단행본 브랜드입니다.
책값은 뒤표지에 있습니다.
파본은 바꾸어 드립니다.

ISBN  978-89-6049-947-8
        978-89-6049-909-6   04810 (세트)